大月亮及其他

陆源 著

四川文艺出版社

后浪出版公司

目录

社幻小说家 1

大月亮及其他 19

倏　兰 55

萨　斯 69

夜　轮 109

西铁人 203

社幻小说家

我破晓，无远弗届。

——翁加雷蒂

01 社幻小说家

没错，我是社幻小说家，擅长存在主义诗学和符号学题材，眼下供职于一份专门制造假新闻的地下杂志。凭良心起誓，本刊只在愚人节那天登载真消息！我们老板是做厕纸发家的。他最大的理想是办一份佛学月报，每年再出一本藏传或南传增刊，向普罗大众介绍圣僧圣尼，但我老板既非虔诚的释门弟子，也非宗教精神病专家，事实上他是一名不可救药的怀疑论者。这位无比精明的男子汉说：“必须产业升级！这年头做厕纸很不环保，尽管环保人士也要擦屁股。”在他厚重深邃的多义字典里，环保的意思是享受税收优惠。作为一名挥舞过证券业长矛的金融龙骑兵，老板果断投身于平面媒体，仅仅因为杂志也无非是一沓纸，源自优质的家族木材煮成的浓稠浆料：他妻子贵为造纸界大亨的宝贝独生女，不论厕纸抑或报纸，在她看来并无太多差别。“你们编辑是什么？”老板自问自答道，“是印在纸上的花纹啊！”他不留情面的精辟总结让大伙由衷钦佩。布罗茨基告诫我们，承认自己是下流坯，比想象自己是堕落天使更谦逊，最终也更准确。

坐在我旁边的同事，是一个半吊子科幻小说家，整天不务正业，尽消耗宝贵的光阴来制作古怪视频，上传到云端共享。暂住瀛波庄园期间，他曾经把一台笔记本电脑——从外观到功能——改装成一部硕大的触屏式手机。哥们儿说，他所迷恋的艺术从无实际用途，除了怀旧还是怀旧。偏有个不依不饶的蠢姑娘追问他，你究竟想表达啥？男人坦言不想表达啥。而我知道此君的思维容器内装满六角螺栓、嵌条式轴承以及渐开线圆柱齿轮，梦里全是各型号的涡喷螺旋桨、直喷柴油引擎。哦，航空发动机，激光熔焊的单晶叶片，灿烂合金的工业之花！这位可悲的决定论者，老板深层次的死对头，其连杆和曲柄传动的机械头脑越来越无法适应今天的娱乐化电子世界。然而，为实现优势互补，我们仍尽量把涉及哈勃太空望远镜的稿子交给他。几乎没人留意过，科幻小说家崇奉机器神教，坚信救世主是一台无生命的铁魔，拥有计算力永不枯竭的强悍处理器。他时时流露参破红尘的惨淡微笑，认为真正的诗人必然是怪兽，诗歌创作必然是一种特殊的、剧烈的新陈代谢。我这位同事有个远房大堂兄在某机构任职，世称“数码城管”，实乃守旧势力和革命思想的优秀混合物，两者比例为三七开。传闻科幻小说家之所以一直没被炒掉，多亏那位无名无姓且无影无形的大堂兄。其实，我们老板很清楚，杂志不归某机构管辖，可他宁肯多养一个闲散食客，权当养头浣熊，也不愿冒险开罪任何本国官僚。身为世俗蒸汽时代的功利主义信徒、非凡的人际关系洞察家，老板一向见解深刻：某机构毕竟是政府机构，所谓猪头肉烂了还算汤嘛。

02 新春快乐，社幻小说的读者诸君！

九年前的冬天，好像连续一个月都在下雪。我坐在空荡荡的图书馆期刊阅览室内，宽大的桌子上摊着《财政研究》《税制研究》《环球科学》《外国文艺评论》等看上去互不相关的杂志，而我用幻想学的龙筋把它们绑到一起，感觉自己是如此伟大。当时旧恋情已经结束，新恋情尚未开始，准备研究生考试的生活似乎十分单调。我将复习资料裹在大衣里，带进阅览室，犹如走私犯勇闯海关。管理员大妈对此睁一只眼，闭一只眼，要知道还有许多学生挤在门外靠近厕所的一排排座位上，企盼着发生概率为零的纯真艳遇，现实是他们被拉格朗日定理和正态分布曲线伤透了心。那时我的的确确觉得自己是世界帝国的储君，因此要学习一切可能或不可能的技艺以增强力量。在很短的时期内，我灵魂的容量大为扩充，以致对精神上复辟帝制自信满满，誓如新千年的查拉图斯特拉把平等主义踩在脚下。那时我真觉得自己是一枚聚光镜，能够聚拢一切人类文明的光线，并且总想凭它们来烧什么东西，弄瞎什么人的狗眼，以满足我年深月久的虚荣。所幸，哲理不愧为治疗心灵之目疾的皓矾，通过使用这一剂猛药，如今我认识到自己无意烧任何物体，无意弄瞎任何同类的视觉器官。那些勾当跟本人真正要做的事情相比完全不值一提。我尽心尽力把自己培养成一个无政府主义者，某天深夜又亲手把这家伙枪毙了。救人一命，胜造七级浮屠！我饱受牙龈溃烂、鼻窦脓肿和急性尿路感染的三重夹击，在拥挤的食堂里经历漫长而艰苦的思考所建立的世界观日益模棱两可，结果小妞们吓得纷纷跑开，以为笔者是个毫无底线的色情狂。诚如阿拉伯人所言：笑谈无胫自走。我很快声名狼藉，沦为过街老鼠。其实升华的爱情让本人变得如此纯洁，终于无法以金钱之外的任何手段去打动她们，而当时我偏偏不名一文，跟眼下一模一样。塞涅卡说命运要么领着你跑，要么拽着你跑，无论当事人愿意不愿意。看样子懒汉定将被赶入荒野。于是，随后的日子里，受到填鸭技法的启示，我开始动笔写社幻小说。不幸的、利令智昏的求学岁月飞速画上句号，盖上七八个遣返原籍的公章，留下几张废纸或介绍信。而我并没有如梦初醒，反倒走向了更深的现实。

03 《社幻小说家》出版说明

有一天，我老板突发奇想，指示本人写一部音乐界的居鲁士大帝发迹史，配以新英格兰版梁山伯与祝英台的爱情故事，再设法塞进一个绝对不可能发生在当代的双城记。我满脸的不屑混杂于睡眠不足的倦怠之中，目光一如精力过剩的少年时代般明澈。“怎么，”我极力保持冷静，“你以为本人没看过《八月迷情》吗？”

我老板是个狡狯之徒，是一根深藏不露又不懂英文的伪善搅屎棍。当下没几个人还相信艺术能打败垃圾，但老板至少假装相信艺术跟垃圾一样可以赚来钞票。身为作家的代理人兼法律顾问，他替我们从读者的眼窝里淘金，以此充实自己的银柜，并为民众在愚昧的巨大旋涡中开辟新航线。凭老板的才华，本可以做一名卓越的国务活动家，怎奈他认定光要嘴皮子不捞钱绝非美德，又因患上糖尿病至今膝伤难愈，走路一瘸一拐，形象欠佳。每当我由于灵感勃发而浑身抽搐，捣毁办公器材，再用科幻小说家案头那本《机械论的生命概念》猛击同事脑壳，他总是淡淡地提醒人力资源经理，扣发我下个月工资。老板说，成为大师之前，你必须容忍醉鬼，以便保住饭碗。不过，我们既是冤家，又终归是同一类人，而且堪称最佳拍档。评价一个敲键盘码字的家伙，我们向来是用火眼金睛严厉审视其作品，忽略其言论，更不管他是不是有公民意识或知识分子的良心。我们近乎变态地痛恨良心。但无可否认，老板是我多年的仇敌，毕竟他因为丧尽天良发了财，而本人受到友情的误导，注定终生落魄。时至今日，我已不存一丝怨怼。老板宣称：“对你这号人一定要拼命压榨，否则就是剥夺你穷困的光荣，辜负你不值钱的天才，同时损害我长期经营的名声。”

最后再扯一扯公共良心这档事。即，无可奉告。每次谈到它，本人的脑细胞就会被一种平庸病大量杀死。我们近乎变态地痛恨平庸，所以少说为妙。当我在平庸病的淫威下彻底屈服，江郎才尽，结局自然是：忍受老板的炒作，任由他捧成个文化名人。那样我宁愿去死。

——社幻小说编辑部

04 《社幻小说家》后记

作品完成后，本人在老板的策划安排下实施了一场行为写作。当我服食致幻剂，假装才思迸涌，进而抡起无线键盘砸向液晶显示屏，观众疯了，发誓将来再也不玩朋克，再也不听农业金属。有些沉稳的读者咬定我在杜撰，对于他们的看法我听之任之，爱信不信，反正记忆原本就是世人凭着各自的喜好，任意铺排捏造的。浪子回头的圣奥古斯丁说，昨天业已消失，今天转瞬即逝，明天仍未到来。意即我们所拥有的仅剩下胡搞和瞎掰。

虚构的伟大在于它不必为此负责。作恶却免于惩罚，恋爱而不留鞭痕杖迹，此乃人生至福。我老板年少轻狂时，曾因失恋而跑到女生宿舍楼下大哭大喊，更在暗金色的秋天里满墙涂鸦，冲公寓大门撇腿撒尿。四分之一个世纪之后他仍喋喋不休，沉湎于鸡毛蒜皮的往事，不停编造种种细节，供述种种雕虫末技，例如为了贻害刚迈入校门的小姑娘，他偷偷摸摸给学院的电影资料室塞进许多色情光碟，手段之卑劣令人齿冷。我充分肯定老板以直报怨的事迹说：情况基本属实，可惜你是一只犯糊涂的巨嘴鸟，已经第三次讲错女朋友的名字。唉，不该记住的东西我们丢得很快，这于人无损，于己有益。记忆是此岸，遗忘是彼岸。记忆沉重，遗忘轻快。遗忘给记忆减肥。遗忘给记忆涂脂抹粉。遗忘术可算作浩繁记忆学的一个分支。遗忘，套用泰戈尔的说法，乃是为开启创造宝盒的神秘之锁而锻铸的魔钥！不过我那秋水仙般盛开的老板娘总在一旁翻白眼："你们这些个货色，跟亦舒小说里没心没肺的烂男人简直一模一样。"

情诗大师聂鲁达吟唱道："我爱你而不知道我在爱你，我想方设法回忆你。"他确实历尽沧桑。

——作者即日

05 《社幻小说家》出版感言

我老板很懂书，又很懂隐藏实力，这样的男人如今已寥若晨星。他对渠道商说："你们提货有什么用？你们又看不出门道。"这位颇为上进的企业主在搞饥饿营销，然而效果极差，许多读者反映买不到《社幻小说家》。我老板唯有洗澡时方能思考人生，脱光躺倒时方能谋划赚钱，所以他白天沐猴而冠地坐在办公室里基本上就是个废物，所以哲人说守财奴的金子要从他灵魂深处挖掘。首任妻子是他投身长达七天七夜的冷笑话比赛赢到的。认输的姑娘正告男人："要么结婚，要么任我追至海角天涯。"这份通牒充满辩证法的光辉，令他心悦诚服。老板把她比作希腊神话的女英雄阿塔兰忒，或高桥留美子笔下娇艳、果敢的中国女杰珊璞。年轻时，他手持电蚊拍彻夜守卫爱妻的甜美睡梦，老在危言耸听地大谈什么“良知的胸膜炎”，什么“瘫痪的社会心脏”或者“间歇式衰变的时代精神”。其实她之所以看上老板，并不是因为他喜欢讲冷笑话，也不是因为他善于营造香灯凉月的睡前氛围，更不是因为他那两条患有特发性扭转痉挛的短腿非常性感，而是因为这男人实实在在很懂书。据说每名波斯贵族都必须掌握一两门手艺。参照这个标准，老板无疑是一位出版圈的埃米尔、印刷界的红衣主教和发行系统的骠骑大将军，相形之下，我只不过是本国八百边形文坛的某个偏僻角落收容的牛鬼蛇神，竟妄想成为一枚艺术新纪元的祖细胞。简单拿书一摸一闻一舔，男人就能讲出许多门道。有一回，我把《鲁文·达里奥诗选》递给他，请他垂鉴。老板随手拨弄书页如同拨弄一个荡妇，他捏了捏书脊，嗅了嗅书根书顶，评论道：“对美国佬的仇恨。”封底有油斑，说明书主人狷介而清贫，肠胃不大好；正文有水印汗渍，说明他能者多劳、智者多忧。有划痕代表着勤奋刻苦，有绿豆糕残渣预示破财，有沙丁鱼味儿等于宣告老婆怀孕了。唯一无法探究之秘乃是一个男子的桃花运，因为女人心海底针，情爱不外乎一张痛苦的摇床。举行新书发布会的浅灰天鹅绒清晨，我俩饥肠辘辘，走在冷雾弥漫的街头，远处传来岸部真明的某支吉他曲。像是纪念一场伟大失败，老板舔了舔样书封面巧克力色的污迹，神色相当凝重。“怎样，”我问他，“尝出什么名堂？”

老板似乎触摸到知识的深山穷谷、想象力的绝壑断崖，犹如那位没有人给他写信的上校，感到自己是个纯洁、耿直而又不可战胜的男子汉，回答说：

“屎。”

06 社幻巾帼

老板娘是个创作女性、业界精英、高贵神威的孕妇，还是个偷师学拳的波莱罗舞表演家、毛蟹炒年糕研究会的名誉理事、接受过登极涂油礼的活圣徒，以及精通五雷大法的卓异女术师。她坚信世上并无神灵，但它们正在娘胎里渐渐生成。目前，这位身怀六甲的漂亮妇人要提笔创作一部诗剧，讲述全球各国的胎儿秘密地举行充斥羊水味和硫黄味的代表大会，他们的眸子闪烁着历险穷幽的欲望，商定出生以后在整个星球表面纵火。老板娘承认自己是萨曼·拉什迪的狂热追随者，经常短时间丧失理智。她子宫里孕育着胎儿，脑袋里孕育着极左思想，最得意的作品是长篇小说《第三次世界大战生存指南》，只可惜虎头蛇尾。有一天，老板娘挺着大肚子跟我讨论方世玉的死因，直言屁眼是这位铜皮铁骨的盖世英豪的阿喀琉斯之踵。“五枚师太使出一招美人献花，”不顾我在吃午饭，她一边冲我比画一边说，“生生把方世玉的肠子扯出来了。”我认为老板娘提及该掌故别有深意，可是不敢道破，因为在她看来，本人已犯下欺君大罪，死不足惜。或许她没错。这名暴躁的妊妇肚子里住着一位共济会员，心里住着个肌肉发达的大汉。她是急公好义的女宋公明，虽不爱抹香傅粉，偏偏又号称时尚领域的托马斯·潘恩。她提醒作家们谁若仰赖他人养肥，保护一旦失去，便会消瘦。老板娘把我唤作法国的正派女子。这让笔者想起黄金败家子波德莱尔说过，唯有娼妓或愚蠢的姑娘才可能适合我们，因为空谈的伤感主义者需要发泄或蔬菜牛肉汤。所谓见鞍思马，老板娘，嗜食番木瓜的泼妇，请接受我最纯洁的祝福，愿你像波德莱尔的巴黎那样青春永驻。

07 《社幻小说家》签售会

市民生活是一座无边无际的宗教裁判所，而我们向来信奉阿尔伯特·爱因斯坦的论断："伟大的人物总要遭致庸俗之徒的强烈反对。"

社幻小说家厌恶第一人称单数或第一人称复数闪现得太过频繁，尽管这无法避免。他们游离于社会光谱之外，像古老寓言中寻觅宝藏的旅行者，在巴格达梦见开罗，在开罗梦见巴格达，从未虚度岁月。社幻小说家是意识形态的杂货商，是叙述节奏的压缩泵，热衷走必然性的钢丝，荡偶然性的秋千，在神秘事件的腐殖质上培育历史的参天巨木。他们假痴，他们佯怒，他们诈喜，但根本不屑于乞借前人之境界。他们思绪过分密集，公然崇尚黑暗，他们的研究超乎理性之上，于是夜夜饱经折磨，不仅透支自己，造成巨额亏空，还妄图完全用书名拼凑一本著作，以此向古往今来的所有著作疯狂致敬。凭狄兰·托马斯的词语扑灭星光，敲碎太阳，凭耶胡达·阿米亥的句子将三魂七魄改装成永动机，投身百世无穷的激战，是我等引为自豪的看家本领。社幻小说家从不告密，从不接受施舍，从不在浮名虚利的烂泥塘中打滚。把账单寄来吧，不必内疚；把支票也寄来吧，不必指望感谢。鼓吹禽兽道德的能手、炫示裸体的变态、破坏公共秩序的小流氓、推销反动思想的大骗子、怂恿犯罪的虐恋狂、乱伦活动的策划者、炮制色情文学的淫荡之徒，诸如此类的骂名他们愿意乃至乐于领受，以便长久沉沦在滚烫的油锅底部，跟懒惰的青年、贪生的老朽、胆怯的战士及吝啬的富翁同受煎炸。你也不妨指责社幻小说家借助纯粹的遁词、诡计、谬论，来拼凑其阴险卑鄙的观点或理念。没错，你大可以这么讲。欢迎栽赃、污蔑、泼臭粪。不过，请千万记住，永远别说你没读懂!

08 社幻小说家的晚自修

眼下，钻研废话学之余，我正依照圣西普利安的《魔法手册》加紧训练自己，以便在独处时迅速脱离现实世界，让心魂适应空挡滑行的危险状态。这是一种幻想领域的龟息大法，其终极目标绝非刻意制造精神分裂，更非元神脱体，而是为了能够这样写作：

> 但你并不无辜，哦，夏季！让我来发起控诉，指明你罪咎何在……

例如此刻这场划时代的大雾，我不再形容它是惠崇和尚《沙汀烟树图》的拙劣模仿。我要说它是一座雾钟，是一场瀛波庄园上空静止的风暴，是大气层的政变，是天国沦陷的象征。它可以视为一截苍穹的盲囊，繁衍着脑满肠肥的会无声无息滑翔的丑陋大怪鸟，它们栖息在无形的摩天轮内，出没在高楼广厦间，俯瞰着轻盈璀璨的灯球。闹哄哄的人间在季节之河上漂流，而大雾是一个不断催生洄漩的袋状死湾，不仅时辰无法确定，连昼夜交替、寒暑变化也将成疑。许多人死于调控污染程度的诡异数据，死于他们疲态尽显的空虚。这是一桩伟大的诈骗案，是一宗包藏祸心的交易，我们欣喜而又满腹牢骚地寻找那无聊宿命的替罪羊，炽亮的浮尘好像伯利恒的星星，虔诚的咒骂好像岩浆滚滚奔流。

09 社幻厨师

我们的社幻食堂菜谱极厚，其实向所有顾客提供同一道菜。大厨是个沉默的隐者，年轻时爱说笑话，因多嘴多舌而吃尽苦头。他肚皮发绿，肺活量惊人，言称政府应该对民众负责，私底下认为你要对自己负责，并始终一边同情反抗运动一边宣扬没什么比忍耐和温柔更强大。他表面上支持百花齐放，骨子里憎恨华而不实。这名大厨外观冷峻，原本是个吸食大麻萃取液的苏菲派托钵僧，脱鞋先脱左脚，穿鞋先穿右脚，把叙事诗集《玛斯纳维》当成双料的百科全书，但熔岩一直在其沙斐仪教法的腔体内滚涌。“圣徒巴耶济德·比斯塔米祈求真主，”我们这位天天在炉灶前修炼的钢铁汉子说，“把他身体变至无穷大，塞满整个火狱，使它没地方再容纳其余罪人！”尽管恬然随意的神态掩饰了毫不容情的准则，大厨即使搞恶作剧也一本正经，还警告众食客开玩笑是灾祸的前奏，而手艺需反复练习，医治痴愚从无特效药。他既厌烦没修养没学问的家伙指手画脚，又病入膏肓地好为人师；既唉声叹气，又对此深恶痛绝；既鄙夷泛言空议，又要以不容辩驳的论证武装自己。他大谈阳光，却怀揣阴暗的念头，总在餐柜的角落里翻滚，冥想喀巴拉智慧，沉思托勒密的宇宙，进而深信自己是一朵云，将来会打雷下雨，但他不喜欢打雷下雨，只喜欢偶尔跟月亮一起消失三天三夜。这名隐于白菜堆的德鲁伊最受不了悲天悯人又半死不活的酸臭，偏又爱吃醋炒猪大肠。他一向轻视知识，更瞧不起无知无识，说什么大凡知足者，即便食不果腹，也仍然是醉饱的。他本该是《荒原狼》的主人公，结果鬼使神差变成《黑客帝国》的一段普通程序。这个厨艺超群的大师傅讨厌一切不够专业，讨厌弄虚作假，讨厌乏味的普世教会主义，惯用花样繁多的调料来反对死气沉沉的整齐一致。他是烹饪界的邓南遮，是鸡尾酒学会的织田信长，是美食家们津津乐道的厨房罗塞塔碑，是锅碗瓢盆间兀立的巧言石。这位掌勺者最瞧不起要花枪，老想一棍子把人敲死。他真诚欢迎你光临社幻食堂。

10 社幻小说家致读者

读者！你们是一条条死胡同构成的夜盲而瘙痒的无边城市，

是作家窗外布满瘟疫的遥远春天，明媚而致命，许多生机勃勃的青年不顾劝阻，为了你等乘上文学创作的热气球，挺过暴雨狂风，闯过深洋巨海，无怨无悔地死在半路，连做梦都想叼住诗艺女神的大奶头。他们可不是《重游埃瑞洪》的主人公希格斯！请诸位睁开眼睛看看，那位缪斯晾在天国阳台的浴袍已经残破得不成体统，以致我皮笑肉不笑的表情是如此沧桑，足以使人怆然涕下。别发任何邀请，因为老天爷想趁他还没彻底蹬腿，多炮制两部杰作。我不会杜撰一个宣称能让你们相信上帝的悲惨奇遇，而事实上使你们对他老人家信心全无。恕不提供这类低档消费。何必骗你们去吃另一颗烂苹果？无论上帝是死是活，是好是歹，他反正不是一块百孔千疮的裹脚布。比之更积极的消极之徒、更严肃的玩世不恭者迄今尚不多见。向我可敬的同路人致意！他们毫无原则地、忘情地奚落位高权重的老笨蛋，怜悯没头苍蝇似的财主，跟那些个哀叹生命之短暂的诗棍割袍断义，任其无限惋惜，长久凝视光阴的巨渊，直到成为斗鸡眼。社幻小说家是不同时空、不同位面的第欧根尼，将全世界当作一所雅典的体育学校，向赤身裸体、往胸膛上抹油的诸君讲授诡辩家的精深思想。鄙人既不富贵也不贫穷，足见富贵和贫穷皆为不速之客。再说，靠勤奋工作诚信经营发家简直毫无意趣可言，摆脱金钱我等才更能体验葛朗台式的纯粹欢乐。社幻小说家还是这样一帮大傻瓜：他们以极佳的耐性搜寻冷冰冰的陌生词丛，偷偷摸摸游走于人类文明的产房，发现最好看的孕妇坐着轮椅，因怀胎十月而半身不遂。所罗门王感叹愚者不可胜数！作为叙事学的盗墓贼、诗语学的考古队员和病入膏肓的食莲族，我们深谙坟坑的孤寂，把夜晚称作黑美人，总在凌晨发掘现实这一有史以来最庞大的神话，给它掸去灰尘，擦去污垢，又总在探究命运灾祸的无穷级数，但不指望终极的题解，那是酒徒与狂人的古老任务，是他们骗小孩的漂亮糖纸。我等沉迷于一些众所周知、意义重大而无法界定的事件，例如爱情、幸福，以及伟大的失败、不可理喻的反戈背叛、孤注一掷的人生豪赌。照搬德·盖尔芒特公爵夫人的说辞，社幻作家卑贱如床前小绒毯，博学如旋转书橱。受到《卡布斯教诲录》启发，我们不仅向聪明人学习，也向蠢人学习，而且一贯讲真话，以便不得不扯谎时能够瞒天过海。我们生有畸形的肉翅，偏执地迷恋星辰月光，酷爱将万事万物统统比喻成天空，比喻成美丽的缀饰，用那奔涌不竭的情欲去磨蹭时间的藤蔓，使之结出丑陋的致密果实。我们的篇章尽是些病态的海市蜃楼、燃烧的秋季、浓郁的星图，总之，用非诗的语言很难描述。而理性的疯人院无远弗届，西装革履的患者在里面日复一日表演神圣的滑稽剧，又庄严又感人，令观众垂泣，令天真幼稚的医务人员痛彻肺腑。在逻辑混乱的表象下，我们是真正的虚构学工程师，是技术精湛的开锁匠，是追随故事罗盘的掌舵老手，是永不出鞘的宝剑，是诸多魔神的文艺变体。所以，急欲讲解自己写作意图的那伙二道贩子，很难将其臭脸病传染给我们。时间，不过是一个冒牌概念，是一枚陈旧的皮球，已被亨利·柏格森戳破踢残。何必效法墨菲斯，整天劳苦不堪地驮运梦境？今天，我们渡过形容词的北冰洋，漫步在语言的荒漠间，欲愿又黑又烫，野心千百倍增长，直到永世无穷。清晨意志松弛的时刻，我感到年华恍如书页被匆匆翻过，而序章的内容仍历历在目，转瞬间又以为自己从未衰老。尘世万象因现实之轴的转动而缓缓逆旋，徐徐烘烤，成为社幻小说家餐盘上流油的美味食物。梦神与日神无对无错，他俩共同煽风点火，诱使我们完成一部饱含真理的虚幻著作……

11 我来不及写下的小说主人公的札记

这个男人的信件上满是华沙、华沙、华沙，他在情书里一会儿详述魔女一会儿又密写神圣。以色列人，你们盗走他给纳粹军官创作的壁画纯属自作多情！为了娶个天主教徒他已经退出县犹太教会。当然他没结成婚，当然他仅仅是个用波兰语写小说的世界之子，当然他终于因为自己的血统被一个愚不可及的盖世太保崩了。把布鲁诺·舒尔茨还给我们，把时间还给这个小老头！德国人应该为那桩蠢事天天道歉，德国总统应该道歉，德国总理应该道歉，他们应该创设一个职位，专门负责到处向人们鞠躬道歉，这份工作的承担者必须有超乎常人的坚强脊柱，必须忍受难以想象的腰肌劳损，必须有发达得不能再发达的迷走神经，以及用伟大艺术锻造的美学头脑。没错，这个投身买彩票事业并以失败收场的幻想家是个天使，即便他又病又瘦，未老先衰，独自处于冗长到不可思议的童年和恋爱期。他描画双冕之王弗兰茨·约瑟夫一世贫乏的永恒形象，他整天抱怨个没完，在神话故事之后、在社会交往之中是个讨人厌的唠叨鬼，但即便他目光闪烁，软弱得可耻，大言不惭地宣布自己心智健全，即便如此，布鲁诺·舒尔茨依旧是他亲手缔造的梦想世界之主宰，是一位口气清新的最佳恋人，对他来说调情是一项深刻而隐秘的事务，当然他那几名多棱多面的女友不是逃就是死，当然我们这位猴瘦、陨落的天使只能通过写信来过他大部分的色情生活。

他整天把托马斯·曼挂在嘴边，真搞不懂这是谦虚还是另一种骄傲。德国人确实该再一次，犹如第一次，来个开场白式的同时又是总结陈词式的完美道歉。

至于笔者本人，为了防止越陷越深，为了不再去想那些句子，我不得不仿造一个布鲁诺·舒尔茨的秋天，那种发育迟缓、百无聊赖、并不存在的绚烂秋天。这是一座浩大惊绝的地下迷宫，是一个用纸板、齿轮、绳索、发条、弹簧、滑轨与绞盘建构的冒牌秋天，可以随处移动、转手、贩售。然而它没法跟自己的原型相媲美，因为后者无形无迹，根本不可捉摸。应立即开始创作，永远创作，舍此以外更无良方，让我活下来并摆脱布鲁诺·舒尔茨。

大月亮及其他

月亮，你在做什么，远在那天上。

——贾科莫·莱奥帕尔迪

1

月亮越来越大。它圆滚滚的轮廓逐渐把穹顶压弯，占据天空近九分之一的面积。寡廉鲜耻的群星深获鼓舞，争相袒露其澄湛的遥远私密。秋夜时而是一朵蓝宝石玫瑰，时而是一颗熟透的紫晶葡萄，犹如阿塔纳修斯·基歇尔的魔灯，整晚挥霍它不拘一格的千形百态。然而，无须多久，月亮将凌空裂成两半。据说这是地球频频受到胡芒麦子的强烈吸引所致。

昏暗的大地如此深奥，堪称一本无穷页数的炽热之书！处处写满最诡怪的文字，最玄异纷繁的结构，最耀眼的万句千章。还是抬头看看月亮吧，陌生的大月亮，那块黄澄澄的金琥珀。它大约经受过人工打磨，既像一颗失去棱角的骰子，又像发光的蒙戈尔费埃热气球，还像一位胖天使的阴郁脸庞或半边屁股：宽阔的荒芜月面仿佛出自一块巨型哈哈镜的折射，顶部最显眼的环形山是胎记，其余不是癞疮，就是臀疣、痘疤。有人说它其实化自夸父的灵魂。陆先生摸着自己凹凸起棱的脑袋一声长叹，不由猜想，我们倒霉的月亮宝贝怎么越来越大？

这枚畸形的巨橙，孤零零的超级卫星，遍布商标的丹麦童话，眼下已发育过度。那无疑是人类活动太过频繁的苦果。倘若你死死盯住踌躇满志的月亮不眨眼，它会缓缓变成柚青色，再变成深翠色，好似摩洛哥红底国旗中央那颗捉摸不定的绿五角星。探究这一奇妙现象时，陆先生正身穿旧夹克，叼着一支菲律宾香烟，漫步在行人稀少的大路上。最近几天，他两手不时发颤，插进开线的裤袋里，便扩展成神经质的全身抖动。断断续续的狗吠从远方传来。夜暗飘浮于无数宽街窄巷，躲避弥漫的浓稠月光。晚空愈发寂静。

自从月亮开始变大，陆先生经常失眠。过去，喧嚣没日没夜地蹂躏市区。他早已习惯建筑工地的通宵轰鸣，最终学会在网状的街头混响里，在巴西伐木场似的摇滚乐队练习室旁，在一对沐浴爱河的新婚夫妇连日交欢的惊人节奏下，在顽劣孩童们永不疲惫的尖叫声中安然赴梦。摧枯拉朽的困倦将他击倒，这股奇特的力量宛如一名闪躲灵活的次轻量级拳师，宛如左蹦右跳的梦幻袋鼠般近身猛攻。陆先生甚至来不及喝一杯他按祖传秘方自制的通便茶。它所含的决明子、莱菔子、桑葚子和火麻仁夜夜疏导他阻塞不畅的陈年肠道。

陆先生摊开四肢躺平，将沉重的鼾声汇入这一切。凌晨时分，夜空简直像被犁过，像一张践踏得乱七八糟堆积在天堂一角的绒毯，惊现遍藏瑰宝的储物架、诸神那永恒烂裤兜的底部，以及千万年不停流动的时间原浆。酒徒沿街游逛。猫儿发春。陆先生从梦乡升起，划往窗外，以为自己是一粒不会思考的浮游真菌，是一只重访亚马孙河三角洲的大海牛。他乘云驭风，身边既无东北老婆也无越南姘头，催命的账单仍未送达，杀人于无影无形的夜班计划暂告终止。没有冷冰冰的机械闹铃，没有总是太油腻的公司早餐，更没有贪荣求利的亲戚邻居熟人同事，陆先生赤身裸体，脚蹬笨重的硬塑拖鞋，飞越稀疏的远郊路灯，昂首奔向高耸天际的螺旋状星廊。稀薄的新鲜空气轻轻摩挲他隆然鼓起的啤酒肚，城市邈远如一枚萤火，接受男人沉醉的幻觉式鸟瞰。他东飘西荡，自由自在。深海般幽暗的无垠黑夜之上是密密麻麻的星芒线粒体，浑厚庞然的水汽埋伏在天边。众多休眠万亿载的幻想孢子与陆先生擦肩而过，它们满是冰岛火山岩的气息，携带巴门尼德的残篇、庄周的循环梦境，连同《一千零一夜》的红海鱼怪、波斯魔王到处漂流，默不作声又漫无方向。皇家信天翁也无法企及这个高度，物质极其稀薄，几乎能看见木星的大红斑，而整颗地球的声响是如此细微，好似婴儿的鼻息、圣甲虫絮絮叨叨的难解呓语。

而今，恰恰是在这个通往谜底途中、不断涌现壮观天象的雄奇之夜，在这个百鬼游街的残忍动荡之夜，月神统领的寂静兵团不期然降临了。饱受噪音折磨的世人惊慌失措，他们似乎听见月光压倒一切的轰响。来自宇宙深处的咏叹调是多么雄浑啊！大月亮，如同一位手握戒尺的使徒唤醒虔诚，惊走三蛇七鼠，将所有渎神的噪音变为轻吟的北欧森林、九弦琴的旋律、众生的荷尔蒙体液，乃至不可遏阻的狂乱孤独……

2

巨月边缘迸溅出淡蓝的清辉：那是氧原子含量至为丰富的明显痕迹。它们从南美洲上空奔往月球极点，并悄然发生电离。此刻，旋涡星云布满天球，形如一只只古代神话的八爪鱼。源自西伯利亚的冷空气洪流，正耽于浇灌这忧愁黑夜的庞大块垒。月亮与我们居住的行星越挨越近，诸多轻盈的气体渐渐不知所措，终日在两颗星球周围乱冲乱闯，把大气拉扯成个双黄蛋。极光已蔓延至热带，顶层的磁力线不再背离太阳向远端延伸，被学者比作一条猴子尾巴，反而环绕月球，构成一组无形的圈环，为天幕平添无数道涡卷弹簧似的绚丽亮斑（很遗憾，它们并未遵守胡克定律）。不久，一个引力空洞出现了：在月地之间的某处，准确说是在拉格朗日点，各方力量彼此抵消，许多灰尘和迷途的碎片游荡于此，像失去意志的躯体随波逐流，聚拢成一片冰寒锋利的天海，大张旗鼓地划过晚空。南半球的居民不必仰头，即可望见它们的反光，据估测，最佳观赏区域是布宜诺斯艾利斯郊外。这些碎屑徐徐变换阵型，因浅橙色圆盘的衬托而莹莹闪耀。总之，夜空明炽，俨然是一片异彩纷呈的宏伟游艺场，人们的梦寐隐约可睹。名义上它仍算秋夜，其实四季已成为虚幻博物馆的稀世珍藏：夏天要到画框内寻觅，冬天是遗迹，春天则密布裂纹，满目疮痍。月光最后将促使万千幻影的苍穹陷落，令灿烂的星象无涯无际，令万事万物轻盈如清夜洪钟。

发糕似的月亮危悬头顶，街区静谧，遍洒白光的路面仿佛在滚动沸腾，让陆先生顿感超脱。久违的清爽从他心底漾开，令他再度萌发狂想，渴望实现一趟脱尘离缚的非凡旅程：把驳船开到月球上去。

走过一大片往常熙熙攘攘而此时阒寂无人的夜市，陆先生庆幸地看到一栋楼房的灯光仍在往外流淌。每当窗页转动，菱形光影的狂风便迅速扫过路面、电线杆、凝立的建筑，以及阳台上本该缤纷多彩的晾晒衣物。这场景好像放幻灯片，借由霓虹灯的配合，又像夜神在翻阅一本巨大而透明的印象派水粉画册页，在默读一篇冗长枯燥的论文。已见不到临时搭建的小商铺。它们不仅贩卖鞋袜裙服，还批发零售镀金的政治领袖半身像、旧朝勋章的仿制品及各式灵异诡幻的证件。过去，陆先生数十年如一日驾驶驳船，喜欢凝望它尾部拖出的一排排人字浪。他决定放手一搏，去腾空探险，去实践自己荒唐的登月之梦，去当个英勇果敢的胜利者。生活有时候也需要奋不顾身，挺矛一刺！必须抓紧时间！它很快会从天穹坠落，将太平洋整个儿填满。后来，直到陆先生乘坐酒馆老板的飞行浴缸远征月球，被活泼的气流拨弄得哈哈大笑，以致忘乎所以，目空一切，那股灼烧他肺腑的忧虑才骤然减轻。

风向紊乱的晚间，沉寂的厚实云团饱含电荷。整个秋天经过压缩，已化作浓稠甜腻的糖浆。这个黄金季节发酵的小麦使万物酣醉。伟大的八月十五之夜无限延长。全世界还将目击一轮满月称霸昼空，像个骄纵的肥胖婴儿横卧在迥远的山脉之上，那苍白、复杂、神秘的月貌任何一片云朵都无法遮挡，它表面的千千万万道辐射纹清晰可见。我们不难推测嫦娥已遭放逐，受天帝惩罚而永生永世伐桂无休的吴刚也已病殁。眼下月光强烈，温度剧降，令陆先生思念酒精。超乎寻常的潮汐之力让软绵绵的地幔上层极为活跃，导致海啸频发，规模宏大的坡面流在七大洋纵横驰荡，欧亚板块、北美板块和非洲板块更是强震不断，平原到处隆起、发皱，因为地表下充斥着入侵的岩脉岩盘。老男人产生错觉，误以为自己是颗石头，普普通通的氧化硅，正被选矿的洗床筛得轰轰直抖……根据新闻报道，撒哈拉沙漠即将变成一片无边的沼泽，而位于秘鲁的“高原明珠”提提喀喀湖，竟在一个晴朗的午后忽然消失，干涸的湖床上全是利用月光偏振来确定方位的粪金龟。傍晚，马丘比丘附近一场银灿灿的大暴雨笼罩乾坤，纵深的沟壑灌满明晃晃的温暖雨水。山脚下，田埂化为海底废墟。

这个癌变的秋夜怎能忘怀？它是一场神迹，是三个世界的交汇点。月色使城市空阔无边，月震催生的大风把各类物体卷向云端。不远处，有个姑娘正奋力追赶一件悠悠忽忽的蕾丝睡衣，边跑边喘气，不明白它为何自动脱离她身体。参加盛大游行的物件还包括杨树枝、明星海报、恐龙化石、国际法教材、开裆裤、充气救生筏、刺鳐似的性感黑纱裙、伪钞伪作、假学历假账簿、翻滚的宠物猪、梦想家的七色峦纹玉枕、恼羞成怒的大牌诗学教授，以及营养不良又不服管教的疯狂小男孩。从半空飘来一名乌克兰艳妓，使劲冲陆先生丢眉丢眼，她犯瞌睡的乳房却无精打采。老男人抬起脑袋，看见两截大白腿，紧绷的臀部泛起皮革的光泽。洋妓穿了一双极尽夸张的匕首高跟鞋，趾甲涂抹廉价蔻丹，她红唇灼热，身上庸俗媚人的香味不停向外扩展。自从民众出于无知、无奈、恐惧和儿童般兴奋的心情，逃到郊区住简易帐篷、搭建防震的日本纸房子以来，全市明娼暗妓的皮肉生意便每况愈下。她们憎恨大月亮，因为它令男人充满道德感，致使色情业横遭沉重打击。于是，不论新妓老妓，这些大无畏的性工作者死命涂胭脂画眼影，不计代价地打折促销，派发优惠券，大跳肚皮舞、脱衣舞、钢管舞乃至印第安土风舞，请皮条客喝酒吃饭，折腾出花样百端的宣传活动。大浪淘沙始见金！天资不足或姿衰色减的风尘姊妹只好从良。昨天下午，陆先生亲眼看到，两位同业相仇的站街女郎为争夺客源，以可敬的拼劲公然扑向寻花问柳的主顾，你拖我拽，互不退让。然而陆先生一脸孤愁，抬头仰望搔首弄姿的乌克兰娼妓，默默摊开手。他圣徒般纯洁的目光使对方洞悉一切。女人用高跟鞋朝男人脑门上轻轻一点，飞往别处。

五彩斑斓的广袤星空下，昔日的兴旺城区百孔千疮，露天市场只剩下一副躯壳。离开逍遥街，拐进挤满阴魂的偏巷，陆先生来到他时常光顾的小酒馆门前，碰巧遇见那两个远近闻名的下棋老者。他们身披千补百衲的烂棉袍，端坐于马路中央，冥思苦索，抛开棋局以外的大千世界，任由亿万岁的星光洒落在头顶。不知从什么地方跑来一条仅剩半只耳朵、秃尾且严重掉毛的哈巴狗，绕着两个老汉东嗅嗅西闻闻，但始终等不到它衷心渴盼的残羹冷炙。关于这对活宝的众多议论批评，多年来一直十分活跃。不过，此刻陆先生没工夫搭理什么老头子，黑麦酿造的鲜啤正在召唤他，让他酒瘾发作。男人迈开渴骥奔泉的大步，急迫的愿望已将其彻底征服。

3

从《幽明录》中逃逸的一道暗影遮盖了城市。夜色的清莹寂谧将万汇百物的杂质逐层剥取，然后晒鸭毛般铺满膨胀的天空，并一轮又一轮不断增厚。钟鼓楼释放的大量不纯正色彩，犹如蒸腾的水汽令周遭景物模糊，继而渲染成一系列南宋画院的佚名佳作，那昏黄的神韵光泽，历经千载，把淳熙年间的繁华京城迁移至此。但是，辉煌的蜃景瞬即消灭。大批鸟兽从街道尽头涌来，河马、印度象、北极狐、卷尾猴、花喜鹊、长颈鹿、谷仓猫头鹰、赤额瞪羚，不少早已灭绝的动物则以塞满锯末的标本形态现身，诸如爪哇虎、倭鸸鹋、笑鸮、所罗门冕鸽、阿特拉斯棕熊、佛罗里达彩鹫，它们发动僵硬的躯体，追随啼声吼声绵绵不绝的巨流顽强挺进。这支生灵和死灵大军遭受恐月症侵袭，将逃命的本能发挥得淋漓尽致，将凝稠似皮冻的寂寥搅成一锅碎肉粥，集体奔向它们世代传说的圣邦乐土，去朝拜万兽之王。

破破烂烂的老酒馆里，总有一大群醉鬼在晃荡，他们贪杯恋盏，头沉脚轻，偏又吵吵嚷嚷，调子忽高忽低，还要拿酒瓶子砸同伴脑袋。满脸疲惫的服务生忙于把一桶接一桶芳醇、稠厚的明亮浆液，倾入十多张白沫狂泛的臭嘴。这帮家伙已经找不到自己的舌头，也找不到自己的双手双脚。角落附近，几个状若瘟猪的汉子趴在小圆桌旁，雄辩的梦呓此起彼伏，似乎正紧张从事一项酣睡的竞技比拼。他们搂搂抱抱、挣扎乱拱、拼命用腿脚和胳膊肘顶开对方。好像孙悟空被一座无形的炼丹炉困住，不得不攥紧死沉死沉的金箍棒，这伙男人竭力在争斗的间歇喘一喘气，全情投入地沉睡片刻。他们因何互相吸引又互相排斥，真是个不解之谜。为了酒徒的体面尊严？为了狄俄尼索斯或酒圣杜康？还是为了一杯高纯度的二锅头？陆先生看到，他跟前这群无意识的醉鬼汗出如浆地不停混战，直至筋疲力尽，漂向甜蜜的睡眠之湖更深、更光怪陆离的层面。

单调乏味的灯饰俨如困倦的牛眼，令光线迟钝。在各式玻璃瓶之间，壁橱上还摆了一只肥大的方解石梨形罐，表面刻有埃及法老拉美西斯二世的徽章。发蓝透紫的苏格兰方格壁纸肿起一个个脓包，沿墙静静游移。厕所挂着伊朗细密画的简陋变种，纹样繁复，为醺醺然的撒尿者提供天国的遥远幻景。走进小酒馆，陆先生立即被一股隔空的怪力扳得东歪西斜，脚跟不稳，差点儿一屁股坐在地砖上。然而，眼前的熟悉场面使他精神松弛：宽袍大袖的店主人缩在一张英式躺椅里，躲在烤肉和海鲜酱料的混合之中，浮在死鱼烂虾的透明之中，向身边蔫头耷脑的熟客杂七杂八地讲述自己的奇妙历险。这位酒馆老板生就一副通天眉，蓄了两撇不合时宜的小胡子，修剪得极为齐整。陆先生与他相识多年，知道此人一辈子热衷于探新玩异，然而他身体的淡淡腐味、他蠢蠢欲动的影子，以及他老套的笑容偏偏是如此陈旧不堪，会让你联想到植物化石的年轮。这个男人写过一本灵异故事学专著，组建过灵歌团，开办过疗养院，并公然把它改造成一处供年长者作乐的云巢雨窟。即便脑血管爆裂的概率一直居高难下，许多老汉仍抢破头前来寻欢觅死。他用心经营某位大金主投资建立的会所，最终把它升级为一座功能完备的性爱展览馆。其实，这名投身老年人娱乐业的风月场巨擘一向无欲无求，无悲无喜，即使众叛亲离也不改初衷。有人问起个中缘由，他援引上世纪一位美食家的辞令答道：

“人不为无聊之事，何以遣有涯之生？”

陆先生坐下来，恍如陷进一团浓雾，晕头转向。男人总觉得老板是个时空穿梭者，刚从清代皇家收藏的名画深处跃入现实，他昼夜躲避光阴坟墓的追逐，他难以描述的样貌比殷墟甲骨文更令人费解……

“月亮啊，你麻风累累的苦脸庞，你金盘玉饼的馊面团！”

从另一个房间的哄笑里，快步走来一名身材魁梧、吊儿郎当的青年诗人。他，这位毁了容的加尼米德，体形仿若大野芋，满头墩布似的油亮长发，双目充血，眼皮肿胀，额角暴起青筋，正以突发性癫痫的病状厉声呼喊，厚颜无耻地向大伙儿兜售自己的诗集。小伙子一脸痴顽，因为金光闪闪的纯诗而激动得浑身发抖，燥热难忍。他一贯推崇布朗基主义，赞成依靠少数革命家的密谋活动来建立专制政权，以便一夕之间跨入狂放的共产社会。年轻人坚信其诗作能让他殁世不朽，他手纸般饱经揉搓的命运终将展平。这家伙自诩是百灵鸟，是一块特殊的耐火材料，是史前大月亮注满灵感的牺牲品，并为此极度憔悴，惨绝人寰，足致神哭鬼泣。他认为诗是老天爷向人们的心魂抽税后发下的凭证，诗住在楼上黑乎乎的杂物间内，夜晚会传来它嘎吱嘎吱的脚步声。他宣告自己是古希腊戏剧里无所不能的新语言举重家，师承云间诗派，深受法兰西象征主义、德意志表现主义和英吉利玄学主义的影响。这个青年大腿间斑驳的牛皮癣已成蔓延之势，背部的静脉痣随时会破裂，促使其富含焦油的乌血欢快流淌。眼下，他如此急躁，不停钻来钻去，扯起破嗓子吟诵自己的佳词妙句，妨碍别人喝酒。

“卢贡内斯，赛波花和月亮的私生子！”

青年诗人撞见陆先生，尽全力一声怪吼，空洞的嘴巴露出两排大黄牙。窗外，月球正沿着一条死亡螺旋线快速接近主星。老男人误以为小伙子在问好，于是装模作样微笑还礼。此举令高个子青年大喜过望，认定自己固穷守志因而终获报偿，不禁亢奋得泪水狂涌，使劲揪住陆先生的胳膊，要请他吃神圣的无花果，并且再次嚷道：

“狄安娜，你这头丰满的老母牛！”

实际上，青年诗人的高情雅意始终没什么读者能欣赏。他对世俗道德的痛恨可以用锥心蚀骨来形容，同时又很清楚自己是个天生怪胎，无望受人待见。不过，得一知己，死亦足矣！他为破茧成蝶的幻象而情绪高涨，大舌头小舌头交替弹动，唾沫激溅如珠，划出不同焦半径和离心率的美妙抛物线。

面对诗人气冲斗牛的忘我朗诵，酒店老板充耳不闻，继续讲述自己的诡秘故事。他发福的身体略微前倾，促使一旁昏昏沉沉的醉鬼们勉强保持坐姿，偶尔还能够抬头望他一眼两眼。听众之中还有个蒙古大胖子，滴酒不沾，在翻阅石原豪人的《日本妖怪图鉴》当消遣。老板一开始只打算胡扯些航海奇遇。然而他喜欢谈诡论怪，主题总是跳来跳去，好似小猿猴。在世界最南端的城市乌斯怀亚，他当过义务投信员，每天为全球各地的旅行家盖邮戳，据称那是神使的火印，可以给时光烙下深痕。在新西兰，他捕捉过丑陋的大沙鳌，领教过逆戟鲸的围猎，这群海洋之狼凭可怕的吼声来驱赶惊惶不定的大队凤尾鲭。在接近北极的巴芬湾，他被浮冰困住，全靠捕食个头巨大的螳螂虾维生续命。在马达加斯加，他跟随老狒狒跑到退潮的海滩上捡拾虎鲨卵，幸运地一头撞入短促的雨季，目睹猴面包树的枝叶间开满肥硕的石青色花朵，成千上万束几乎瞬即绽放。男人还在东非遇到像天仙一样高贵的灰冠鹤，遇到三米多长却极端胆小的岩巨蜥，遇到贪婪成性的变色龙，它们从不放过孤独的掘土蜂。老板曾经骑骆驼横穿撒哈拉大沙漠，参与过瑶族人奇奇怪怪的夜晚丧礼，去西双版纳寻找茶马古道的踪迹并探究白眉猴、野龙竹，以及号称丛林女妖的魔芋花。大疣螈差点儿把他弄死，这类令人作呕的生物背部生长肉瘤，可分泌致命毒素。在川西，老板误闯冰坂雪岭，迷失方向，多亏有个彝族老汉用一枚大如拳头的核桃救了他一命。据他回忆，老者裹着一条臭烘烘的毛花氆氇，脸上的皱纹密若蛛网，皮肤黑若柴炭，须发稀疏，脑袋酷似一颗大核桃。在雪山脚下的无名村落，老板与额生红角的部族头人拼酒，与最好的猎手一起咕噜咕噜吸水烟，并醉心于当地的狼狗、蛮歌獠语和初晨的金辉。那个地区的女人都很美，男人都很丑。为抵御刀斧般凌厉的严冬，他们同耐霜熬寒的牛马一块儿喝茶砖泡制的滚沸浓汤，替可怜的牲畜敲碎肚子底下垂挂的冰柱，然后睡进塞满羊毛的大木箱，犹如一具具尸体躺在各自的漆黑棺柩内……

“哦，少年，为辉夜姬的吊袜带和天下大同奉献青春吧！”

陆先生身边这位眼大露睛的诗人憔悴已极。近来，房东的独生女令他坠入情网，楼上每晚独自叫床的少妇使之欲火中烧。此外他还迷恋酒馆侍女的纤细手腕、某位舞娘的腰肢，再加上天天从窗边走过的两名女中学生的脚踝和她们又深又黑的肚脐眼。青年诗人的内心虽百结缠缚，可仍在寻找他梦中遇见的伊迪特·索德格朗，要同她一起仰望秋夜那布满星星的深奥宇宙，摇荡在夏季的破摇篮里，成为死去的春天最年轻的败种。唉，无量无休的焦虑！唉，纵欲是苦，绝欲亦是苦！牛高马大的青年诗人愁恼万分，不仅一个劲儿感新叹旧，还自称没办法理解爱情的几何学特征与诗歌的因果关系，正如他不明白为什么大便通畅之徒多是庸人，天才却必将落得个便秘而亡的耻辱下场。陆先生坐在一旁不言不语，只顾大口大口灌酒，断断续续抽他永无止境的烟屁。

外面是荒怪的月光和温暖湿润的大气。流霜炫目，最后一列火车甩着它呜咽的绳圈驶过城市边缘。积雨云如同几百只硕大无朋的黑蝌蚪渐渐逼近。两万八千个邮筒徐徐上升，摇摇晃晃，翻越屋顶，飞向它们渴望已久之地。种种征兆均使陆先生预感到，就在今晚，所有虚假的生活注定要被那股看不见的力量一扫而空。

4

另一个城镇的另一片彩韵留驻天空。众多市民逐渐认识到，自己正身处一层层立体的海市蜃楼之下。这张明艳的全息图迟早会将现实彻底淹没。千年前，主张神职可以购买、转售的诺斯替教派已洞若观火：世界乃是邪魔的创造物。如今，它们要用地狱的宝藏在人间修建一座黑暗圣殿，传播“黑圣经”颠覆一切的狂暴福音。

“卖小乌龟……木纹龟……红耳龟……三龙骨龟……”

没头没脑的吆喝伴随呜呜咽咽的胡琴声传来，激起月辉的道道涟漪，致使各色几何图案的光晕，朝夜晚空荡荡的内部急速拓展。繁星的万花筒让大伙儿目不暇接。下棋老头已经把战场挪至人行道，他们仍将为一次永不完结的对弈而殚精竭虑。

外面悄然下起小雨。第一滴坠落的水珠里，天地六合的倒影进入那稍纵即逝的永恒底部。醉鬼晃晃悠悠离开小酒馆，好像迈向一个奇异的梦幻世界。灯泡昏沉，停住不动的暗穹似乎万载如一夜，他涂歌巷舞的意识已然隐入睡眠的冥冥沼泽。星空的幻想拼图仍以匪夷所思的顺序排列组合，用一个封闭的圆环展示无限。

亲身经历过那次宏伟天文事件的人们很爱说，老板随后所讲述的故事纯粹是瞎编乱造。尽管如此，直到他乘坐浴缸飞向月球，其严肃的架势和返老还童的神情让人不得不相信，我们确确实实生存在万千可能性之中。

月光大举涌入室内。近来，隔三岔五便有研究者发表文章，公布最新学术成果，例如，他们推断，当月核抵达地球的三万六千公里同步轨道，会停止迫近。但陆先生觉得，倘若月亮愿意变得更大，执意要将死亡之吻赐给我们，欺名盗世的预言家们准拿它没辙。老男人揣想，那些大行星的居民，每晚面对一千颗月亮，感受会怎样？大小不一的月亮挤满天宇，在银灰的太空竞技场上聚集、交锋、轮换、碰撞，把夜黑搅拌得乱七八糟。人们甚至能望见最大一轮月亮上修建的高楼。而小行星的居民又如何消磨长夜？他们没有月亮，只好枯守黑魆魆的天幕，跟犯困的星星一起度过许多贫乏时光。

5

这时，密集的波纹状阴影一圈圈扩张，千百座明灭不定的信号发射塔因暗能量持续上涨而超负荷运转，它们在电磁风暴之中屹立不倒，在深青透紫的弧光里格格抖动，金焰喷薄，涡流闪烁。老板反复以胸腔共鸣的低频泛音和颅腔共鸣的高频泛音，大谈特谈他多年前钻入山洞躲避雪暴的经历。街道上，由摩托车组成的一股铁流缓缓穿过市区，发动机的轰隆声正诱使雾气不断凝集。细雨仍在飘舞，但水滴下落的速度已大为减缓。假如仔细观察，我们还会发现雨线并不垂直，铅坠也摇摇摆摆，路人纷纷斜握伞柄，歪身走路。于是大伙儿领悟到，与月亮保持一个特殊的恒定角度，可以使精神更舒畅，肉体更快活，女人更妩媚。其实，大批业余诗人之所以热衷于吟风弄月，原因基本相同。他们为自己的斑斑劣迹而痛哭，把城市当作一座大酒窖，成群结队地放浪形骸，滥施狂欲，破坏公共财物，追逐老太婆，大小便失禁。疾奔乱走之后，他们躺倒在城区各个角落，任由初升的太阳鉴定其死活。

雨势逐渐加剧，道路沦为河床。转眼间，晚空被一片湛蓝的浩大水层铺满，把梭状星云、苍龙七宿的璀璨涡旋完全遮住，它不停晃动起伏，映射出茶晶翡翠般灿烂的光芒。行人如置身水底，城市处处浮金流艳。无数海洋生物随大雨一同降临。这帮可怜的虾兵蟹将竞相砸向房顶，跌落街头，摔在残垣断壁之中，少数重返真正的深海巨洋。

“那天，雪崩堵死了山洞，”老板双臂张开，似在环抱一枚莹澈剔透的大球，“谁知洞里竟越走越开阔，并且渐渐变暖……”

至此没人能猜到，整个故事堪比一场传奇剧，内核居然是昭示造物主的鬼斧神工。陆先生心不在焉，痛快消灭一扎又一扎啤酒。金黄的泡沫泛滥于他躯体的各部位，构成另一股生命力，持续获得增注的生命力，企图争夺主导权。忽然间，男人想到，酒馆外面还有两个老汉在下棋。这对一言不发的弥赛亚、神龙的身外化身，是否仍抱持顽念，继续他们没人能看懂的棋局？降雨可曾摧毁老头的露天棋盘？他们大地上不时抽搐的衰朽肉体，恐怕将在今夜，在这大月亮的海底形消影散。两人一如既往俯览这团尚在欢快洗澡的凡间万象。而遍体水沫的浊世，依旧哼着淋浴者的惬意调子，没注意到风层已开辟一条接引的广阔云路，要把他们弄走，把现实清零，让时代重启。

6

城市变为一片汪洋之前，茫茫世间最后两个神志清醒的男人——酒馆老板和开驳船的陆先生——终于要把他们原本各不相关的命运绑在一起。游手好闲的青年诗人已不知去向，与全球数以亿计的业余创作者一样往来无踪。他们体内致疯的化学物质越来越浓烈，无不一夜之间成为吟花咏柳的能手。数不清的小摊小贩、恶棍赌徒、卫生检查员、法师主教、公司白领、技校老师、性畸异者、保安、风险厌恶者、避孕套推销员、精神分析师、农场工人、农民工、失业者、恋尸癖、各式傻子以及所有男保姆，这群三教九流的缪斯信徒之中，有些是阵发性艺术家，另一些是病情逐渐恶化的艺术家。他们一个个撇开工作，抛下家庭，组成不同派别，相互引证、剽袭，结伙游荡、呼喊、朗诵、涕泗横流，更不惜戕身伐命，彼此声援、殴斗、结盟、背叛，发誓要扫荡胡七乱八的庸俗思想，摆脱私欲的缠缚，掐死历史宿命论，捣毁千人一面、千缸一色的官僚体制，缔造尘世间史无前例的美妙新纪元。奔腾的雨水开始灌进小酒馆。醉汉们勉强提起精神，按照指示爬到垒好的桌子椅子上面，钻进一个天花板的大窟窿。光脚丫的老板谈到白色栀子花，声音由于通道的混响效果而愈发洪亮深沉：

“它们通体发光……能指引遇险者找到伟大的金核桃树……”

水位急速抬升，想要一举将大地淹毙。酒馆内，桌椅漂浮，墙壁开裂。七肥八瘦的众醉鬼排成一列多米诺骨牌，沿倾斜而狭窄的通道往高处转移。陆先生感到一阵酒劲涌向大脑，手脚不听使唤，还以为自己是头上顶着矿灯、手里握着十字镐的挖煤工人。幻觉的金瓢虫在他眼前旋绕，不断消失又重现。周围尽是浑浊的喘息声。老板不再讲话，代之以洪亮的喷嚏。或许神明就是凭借他这一声声肺活量激增的铿锵爆破，来预告湿度乃至空间维度的降低。陆先生觉得，他们正融合成一条共享意识和记忆的皮管子，可用魂魄之焰的闪动直接交流。大伙儿此刻幸存于一个线状的国度，这怪异的一维世界所展现的诸般特性实在令人发疯。他们将穿越虫洞，抵近月亮脱离地球之前的太初年代，那些古老的始祖龙彼时尚未沉入海底，个头惊人的鹦鹉螺仍大行其道。寂静的波动涨涨落落，如潮涌推动诸位酒徒。室外，鸽子似的闪电受五雷号令的驱遣指派，扑啦扑啦从乌云下端落向悬空的大水，进而化身为暴怒的金色海豚，到处冲来撞去，导致人间忽明忽暗，若实若虚，恍惚变作一颗大黑球。这番景象使陆先生莫名其妙想起自己的妻子，如今他并不宽敞的家宅应改称狮吼堂，女主人的体重已接近新婚时三倍。“好像大月亮……”他希望弄清楚，究竟是谁负责摧毁一切，并让我们习以为常。男人急欲开动脑筋，认真思考肥皂般又湿又滑根本抓不住的时光，怎奈疲倦一阵阵袭来，迫使他受制于岁月的重负和空前的无力感。轻软如棉絮的幽暗中，陆先生发觉全身的静脉在吟唱不已，躯体却遭石化……

通道尽头，是一间古色古香的大房子，氛围跟酒馆泾渭分明。它本身还几乎处于一个铜镍合金的奇诡时代，诸多陈设仍摆放在各自王朝、不同世纪的迥异阴影之中，互相威胁，争吵不休。巨大的安塔基亚式枝形吊灯，颇似催眠师手上不停摆动的金属坠，能令地球加速自转。鲜红的阿拉伯地毯怪诞而压抑，五光十色的氖光管引人浮想联翩，好像吸血鬼公爵和身穿妖艳晚礼服的美女才刚刚离去，不久之前他们还共跳奔放轻狂的舞步，借助咒语变身为蝙蝠，又好像此处焚烧过数以千计的纸尿布，充斥着奇特的焦痕。房间里，无论是元代家具、明代珐琅器、缅甸金丝楠橱柜，还是威尼斯绒窗帘，统统散发着一股樟脑味。慈禧用过的粉彩荷纹花盆摆在墙角，所栽龙树久已枯死。景深遥远的壁画里尽是奇葩珍禽和鲁莽的怪兽，让人如同造访暴君尼禄的奢华寝宫。几个储物间近乎小型的宗教巡展，其实是文物贩子寄赃的秘密货仓。陆先生看到，在一长串来自东欧某国的钣钟旁边，躺着高达六七米的埃及冥神塑像，这位奥西里斯的足底镶有暗格，里面的咒符可以保证死者在阴间通行无阻，甚至重返阳世，步入永生。大伙儿向深处走去，更多古旧、珍贵的器物逐一现形。沉香阅书架上摆放着用莎草纸制成的《古兰经》，漂亮的纳斯赫体文字以金框装饰，页眉镶满精美、繁复的金色花纹，无视光阴的损耗。它右边是一张鹰脖色古罗马船帆，上面绘有表现伊壁鸠鲁教条的淫秽图案。左边是一根粗粗大大的林伽，这具湿婆神的化身用砂岩制成，公元六世纪时立在南天竺的庙宇内，虔诚的信徒为使其保持润泽，经常给它涂抹蜂蜜和牛奶，并且向那雄壮浑圆的柱头抛撒鲜花。而四手分持吠陀、莲花、钵盂、念珠的大梵天，恰好站在竞争者跟前，浮雕所呈现的三张脸孔，以及隐在石料之中那张滑稽不堪的脸孔，始终警惕地注视八方。貌若青春少女的绿度母与裸露上身的白度母似笑非笑，两位均是菩萨的眼泪化成，双双头戴五佛宝冠，遍体璎珞，能洞彻众生秘密。她们可疑的好奇心简直耸人听闻，又时刻准备投身这龌龊的凡间，救度苦难信徒。铜质十一面观音躲在角落，神色阴晴不定，忽而慈悲，忽而嗔怒，忽而龇牙咧嘴，忽而展颜舒眉，无不高深莫测。除此之外，还遍地堆放着伊特鲁利亚文明及米底文明的陶器、岩雕、钱币。最孤独的家伙无疑是木雕的文昌帝君。这位掌管文运的神灵置身于一片秦灰楚烬当中，满脸慈祥的愁苦，因自己受到上百尊互抛媚眼、沆瀣一气的异教偶像包围而郁郁寡欢，急欲寻找关帝、魁星倾诉思念之情。这场乱糟糟的文物大展快结束时，陆先生想顺走一柄能驱妖除魔的三清铃，被老板制止。大伙儿离开神佛济济一堂的房间，方才注意到，空气是如此干燥凝重，以致他们一度忘记外头的滂沱大雨。陆先生试图推开一扇窗户，并未成功。灯笼草和美洲蕨正在暴雨里疯长。男人抄起一个铁墩子，猛力掷向窗台。

“哗啦！”

墙壁塌掉一大片，真实世界及其时间率先涌入房内，随后依次是美洲蕨、雨水、月光。隆隆作响的大海反倒使人魂安意定，满屋子的五色泥和古罗马铜币背面的雅努斯神熠熠生辉。陆先生把身子探出墙洞外，看见洪水淹没了半座城市。时空已经被引力折弯，海水沿一条金色渐近线向天轴不断靠拢。老板将他呼呼直喘的顾客挨个儿拽出通道，队伍末尾是一名浑身湿透的高个子中年人，披着一张圆形花格子桌布，眼镜片上白雾朦胧，两腮下面发紫的老鼠疮很是夺目。大伙儿感到挺奇怪，因为海水灌进小酒馆之初，他并不在场。高个子中年人的动作过于简洁，过于叵测，其痉挛的表情过于病态或过于猥琐，介乎银行家和内衣大盗之间，眼神好似扁角鹿，反光犹如玛瑙。男人酒嗝不断，垂头丧气地解释说，三天前，他向来百依百顺、服侍殷勤的妻子在厨房煎完两条丁桂鱼，突然离家出走，跟一个又矮又胖的情夫私奔了。没想到多年婚姻，同床异梦已久，他竟懵然不知。因此，以往高个子男人滴酒不沾，这一晚却酩酊大醉。

“别伤心啦，”老板安慰他，“这事儿很平常。”

酒醒后，男人发现，他居然一跃摩天，变成可笑的活风筝，穿着燕尾服，高悬于辉煌夜空之中，脚下绵羊似的积雨云电光闪闪，滚雷阵阵。身为失意潦倒、信仰理神论的逻辑学教授，他冷静确认，那一刻自己是个诗人，正朝着星星的居所飞去。不过，很可惜，目睹一名熟练滑翔的妓女从他身旁掠过时，这位陶醉的教授太过惊恐，几乎下意识地重温亚里士多德的三段论，再度想起大前提、小前提、联言判断和全称否定，致使脑袋瓜重新注入逻辑，剖玄析微的变态欲望再度夺取主导权。于是他甚至来不及懊悔，就被旋风扒了个精光，继而栽入湍流，跟一头海驴和几条鹰嘴鳐一起冲进酒馆。高个子男人颇为激动，又极力掩饰他惊惶的神情，用手托了托碎裂的眼镜说：

“这是个天大的秘密……”

雨越下越急，云团伸展为雄伟的柱状体。

“把人类束缚在大地上的，”他整衣敛容，情绪的剧烈波动没能遏制住，反倒欲盖弥彰，“不是重力，是逻辑啊！”

因此，婴儿可以随风飘游，疯子可以腾云驾雾，艳丽的娼妓可以自由高飞，饱读经卷的逻辑学教授却办不到，除非他酩酊大醉，把矛盾律的铁索砸断，把无比沉重的归纳法、演绎法的轮轭悉数拆除，把逻辑定理、逻辑符号的淡香浓臭一股脑儿全忘掉。所以说世界是一座天平，逻辑城邦的大地居于其中一端，诗国的大月亮居于另一端。老板沉思片刻，随即宣布这个假想虽未经验证，但非常大胆，非常诡诞，非常了不起。

众人四下眺望，搜寻那两位老态龙钟的棋手。当一道青紫色霹雳划破天穹，陆先生看见，他们坐在远处瀛波庄园内一栋三层建筑的天台中央，彼此相距一块棋盘的恒定宽度。两人像是一对劳教所上空镇邪的铸铁风狮爷，或是精神病院楼顶强悍的活体避雷针，直到此刻仍在庇护这一座风水格局已彻底混乱的危险城市。

7

谁也不晓得，两个老头究竟是何年何月开始下棋的。他们最陈旧的照片来自银版摄影术。有人说，他父亲还是个玩泥巴爬凤凰树的顽童时，他们就在摆弄棋子。有人说，他祖父尚年轻英俊，狂热追求倾慕的少女时，两人便已沉迷手谈坐隐。但是，另一派意见认为，其实每代人看到的老头都不同，他们属于一个患梦游症的神圣家族。某些好事之徒宣称庞眉皓首的老头子并非人类，要么是众多思想凝成的实体，要么是一种光学现象，类似于云楼蜃阁、镜花水月或地板上浮现的抹不去的死人脸，会发生强烈的色散。研究者大胆猜测，答案其实很简单，两个老头子是天外来客，故而根本感受不到深植于地球的生物时间。抛开各种模糊难辨的传闻，大伙儿仅能肯定，谁也搞不懂两人在下什么棋，而且，想通过它来倒推怪老头的秘密，这么做无异于缘木求鱼、膝痒搔背。棋子可以是老树蛙、小石头、杧果核、凤仙花茎、几只法国蜗牛、喜欢热闹的光屁股小孩乃至太空陨铁。有个追随过他们的罗姓中年人透露，棋局会每天增添新规则，除对阵双方外，没人能将其全部掌握，因为它们仅存在于两位老者深邃的心底。

“棋盘只是冰山一角……”

年月迁延，这些规则渐渐相互抵触，形成周而复始的死循环，导致无穷无尽的连环劫争。因此，需要一类更强的规则加以解释，跳脱乞贷论证的怪圈。新规则不断覆盖旧规则，并升格为法条王国的御林军，可是后者从未被彻底埋葬：它们依然适用，充作新规则的庞大基础，少数还伺机反攻倒算。众人于是推想，棋局最初并无规则，秩序源自混沌。然而规则越来越多，需要订立一种约束规则的规则，甚至是生成规则的规则。追随者认为，另有一类独特规则，它们不跟其他任何规则发生直接联系，它们乃是某种禁忌、特定的沉默、非作为、无效的保留、丢失的熵值以及思维缺席的场所，这便是与规则相对的暗规则。最终，姓罗的男人措辞严谨地总结道：

“当且仅当棋盘扩展至无限时，暗规则才会真正浮出水面……”

这个中年汉子让别人叫自己医生，可实际上他从不治病问诊，全靠收房租过活。逻辑学教授提了两个问题：既然棋盘的面积趋近无穷大，为什么对局者只待在这座城市？假定老头去过别的地方，他们重临某地又作何解释？罗姓男子饱含笑意地盯住教授，喝下最后一口黑麦啤酒，仿佛是为了让发言更加不容置疑。

“老兄，你很聪明，真的很聪明，可你要知道，”他压低嗓门，生怕这隧道般充满回声的雨夜，会将接下来的两句话悄悄收集并散布开去，“他们的棋盘下面，是一层叠一层的棋盘啊！”

逻辑学教授猛拍大腿，恍然大悟。据说，至为崇高、极尽精妙的理智指导较低级之事物时做直线运动，又无休无止地环绕圣灵做圆周运动，并且通过自转来保持清醒，因此不难推断，与大月亮相仿，其飞行轨迹也是一条条华丽的螺旋线：它们循着复杂而优美的曲线前进，以求不衰不灭，保泰持盈。无疑，两位下棋老头在建造通往真理天堂的阶梯、指向永世幸福的捷径，唯有领受火刑的乔尔丹诺·布鲁诺的慷慨赴死之举方能媲美。所以那依然是同一局棋，遭覆盖的内容已切实存入记忆，并持续生效。依照一个由闲言杂语汇总而成的公认理论，两人将最底层的棋盘定为蓝色，然后逐层逐级向红色转变，级数累千盈万，且会自增自乘，明白无误地象征天界众神的等阶是不可穷尽的，他们多如恒河沙数，各安其位地居住在一座贯穿圣域的擎天巨厦里，轮流担任神国仓库的保管员，因百无聊赖而直想造反。根据泛灵论泰斗古斯塔夫·费希纳所著《天使的比较解剖学》第三章第四节，这群生命体均呈完美的球形，大部分心情相当无奈。如今，两位破衣烂衫的老者还在对垒，正紧张较量于一层浅紫偏红的棋盘上，而纯红那一层永远无法抵达。当然，必须强调，所有色彩皆出自他俩步步为营的虚构，世人仍在灰蒙蒙的、不妨认为是透明的大地上行走。兴许只要两名老棋手愿意，他们完全可以把纯红视作底层，改向纯黄发起新一轮渐变，从而将立体的棋盘再多加九万六千层。陆先生竭力想象一座流丹浮翠的城市，发觉它美得令人惊异……

酒馆老板把自己的故事丢到一边，倚着那个毛茸茸的蒙古大胖子休息。醉鬼们的注意力转移到下棋老头身上。本城居民早已习惯两人的怪诞举止，任凭他们随心所欲，爱去哪儿就去哪儿，只要不造成交通堵塞。因而每一张屋顶、每一个树冠、每一条街道和每一座天桥，统统是这对老者的战场。他们无形的棋盘层层叠叠，铺满整个城区，所有平面都被烙上不可见的网格。众居民一天又一天向老头挥手致意，但谁也没见过两人抽烟、睡觉、拉屎，他们的食物不外乎白莴苣、紫莴苣、红莴苣、卷心莴苣，乃至苦苣或菊苣。元首为之颁布特赦令，志愿者在其周围播放缭绕的正声雅音，替他们四处营建巨型鸟巢，省立美术馆像保护珍稀文物一样给两人制定隔离措施，奋勇阻挡拍照的游客。有人用他们的名义设立基金会，在全国甚至全球范围内掀起过数次募捐高潮，影响远达世界的边境。长久以来，老头的身后大事一直是本城的热门话题。两人对弈多年，终有归西之日——不可否认，很多人也反对这一凡俗论调，猜度他们是最高神祇在凡间的复本，是宇宙之树的分枝，是玉皇大帝的两根腋毛——社会各界以空前的热情筹备其葬礼，主办权的竞争激烈异常，获胜方豪情万丈的承诺足够永载史册。市政府发行公债，为随后举行隆重的纪念活动募集资金。老头为该城带来了巨大的荣誉和经济效益。国家首脑向外宾介绍他们的健康状况；许多环保主义团体奉之为圣人，把小城视作后工业文明的新圣地；地平说学会要请他们充任荣誉主席，以壮声势；佛教领袖拜访过两位老者；来自安提阿的大牧首也号召世人向纹丝不动的棋手学习，像他们一样甩开各色虚形幻影，脱俗弃世；印度教徒则认为老头是两道人形闪电，是梵天的利斧，他们降生凡尘来斩断一切疑惑之根株，来拯救情封欲闭的普罗大众。某权威学者考证出他俩的诞辰，当局立刻将其定为节日大加庆祝。每年这个时节，你会看到一批又一批市民涌上街头载歌载舞，各国的旅游者络绎不绝，极擅钻营的二道贩子倾巢而出，房地产开发商借助老头的行踪大肆宣传。但节日的灵魂，不是花哨的历年巡演，不是名人五花八门的发言，而是全体人员安静下来，凝神屏息，倾听手谈者缜密思考后极具节制精神的落子声。灵敏的扩音器一丝不苟地传达半神老者的种种响动。急不可耐的观众如闻天雷，待圣洁的静默时间一过，他们震耳欲聋的欢声便直冲霄汉。为期一周的活动里，政治家登台演讲，工会举办纪念展览，飞机轮番喷洒彩色烟雾，车站、港口昼夜人潮滚滚，如痴如狂的城市灯火璀璨。总而言之，下棋老汉已成为公众回忆和生活的紧密一环，是他们宣泄激情的支柱。老头子还被视为奇迹的预兆和神秘的异象。多年来，这两名弈者一直趺坐树顶，意态深沉，松清竹瘦，借数字及颜色确定每颗棋子的空间位置，然而，眼下，大月亮即将改变一切。陆先生凝望窗外正不断倾斜的大海，远处屋顶上渺小的身影越发模糊。

8

既然是逻辑而非重力束缚着人类，酒馆老板便有充足的理由认为，逻辑学教授无法飞翔，却可以守护大地。他沉吟片刻，做出了决定：

“阿德，你带路吧！”

老板话音刚落，墙角处一尊蜡像立即向深迴的大厅内部走去。陆先生这才看清楚，那原来也是个戴眉含齿的大活人，但他似乎患上了木僵症，严重外掀的嘴唇不由自主地频频翕动、拧扭、抖颤，短发有如兽鬃。此人的头颅是一枚六棱柱。他步伐稳健，彬彬有礼，两只摆动的胖手很是娇嫩，每走几步就转过身来说一句："这边请。"

酒馆老板诚邀陆先生和逻辑学教授同往。他们组成一支高矮悬殊、跌跌撞撞、不大灵光的队伍，好比牛鬼蛇神齐聚，在湍急而稠密的气旋里一脚深一脚浅地朝前迈进，紧随恶魔仆役似的阿德步入黑色拱廊，穿过一道青铜大门，离开乔治王风格的奇珍陈列馆。那一刻，陆先生相信，平庸的现实必将消逝。至于此行到底是奔赴南极还是赶去西伯利亚，是飞上太空还是潜入深海，他一点儿不在乎。酒馆老板的故事还没讲完，大可不必杞人忧天。

夜空中，翻滚的极光已越过赤道。几次轻微的晃动使天花板掉落少许灰尘。老板接着叙述他奇异的冒险经历。

"金核桃树生长在洞穴最深处，靠夜光石散发的素辉存活……"

犹如往昔重现，炬焰撕开一道口子，拂动的阴影在他身后形成一个又深又长的半椭圆形。地震遽然传来。世界好像接驳了一个巨大的真空泵，狂风从地面往天顶刮，让所有穿裙子的女人都感觉难为情。雨越下越大，美洲蕨从木地板的缝隙间往里钻，它们独异的香味四处蔓延，引来成百上千只丸花蜂。日出之前，这座小城将与马丘比丘一样成为海底遗迹。昏暗、冗长的走廊内，穿堂风满含长明灯的气息，墙上绣金的土耳其经文挂毯、肉笔浮世绘，以及众多生动的仿古图被吹得摇摇欲坠，而巴洛克时期的杰作《收藏家的画廊》正明目张胆地复制空间。酒馆老板说，若把金核桃、虱建草、栀子花三样东西一起吃进肚子，可长生不死，具体而言是每三十六年复活一次，凭借充沛无竭的肾水翻新肉身，七窍九孔回炉再造。波斯人伊本·扎卡亚里在其巨著《先知的诡计》第五章提到过这种神秘、珍异的坚果，而酒馆老板那位隐居山洞的救命恩人，皱巴巴的彝族长者，大致生于忽必烈一统海内的久远年代，寿数超过八百，堪与彭祖比肩。光阴奔流，世异时殊，老人已经想不起自己姓甚名谁，但仍记得九个甲子以前他还救过另外一位探险者雷巴扎尔·塔尔兹，此公跑去喜马拉雅山冥想后，成为埃坎卡教的灵修祖师。研究数理逻辑的高个子学者近乎痛苦地认定，老板的故事多属捏造。讲述者摊开手表示，起初他本人也不相信，可是，自从吞下万恶的金核桃，三天睡罢，他便遭到时光唾弃，又结结实实活了几百个寒暑，款待过葡萄牙王子，即从不坐船的航海家亨利，见识过安吉利亚诺·杜尔塞特那张讹误百出的地图如何激励欧洲人发狂寻宝，还跟约翰·曼德维尔打过交道，化身为这名天马行空、罔顾真相的游记作家书中描写的某个传奇人物，被他安排在遥远的东方，沦落成帕西法尔式的大笨蛋，年复一年地寻找害人不浅的失落圣杯。

“开门！”老板下令。

房间里摆满各类光华炫目的玻璃瓶罐及金属支架，俨如一座配制灵药的仙台秘府。远端的角落灯影摇曳，若明若暗，有个老头子仰躺在颤颤巍巍印着孔雀翎花纹的床榻上，枕边放了两三卷《神枢经》和一本《智慧的天园》。他眼睛浑浊无光，喉咙是个大疙瘩，瘦得皮包骨头，活像一截风干晒烂、朽断在即的破桁梁，很快将化为粉末。

“这是我最小的玄孙，九十多岁了，”老板说，“如今他把一本哈瑙版《星辰信使》当作自己的幸运物。”

槁枯的老者气若游丝，被凶狠病魔摧残得不成人样，双腿布满脓疮，神志却还清醒。其实他已经谢世，已经火尽灰冷，生命最本质的层次已经腐烂，像一支溃败的军队在逃亡的路上分崩瓦解。老家伙似将呼出最后一口浓黑的臭气，从头到脚逐渐变成木炭。他卖力地垂死挣扎，说不清是为了在人世多留一日，还是为了赶紧见上帝。或许他跨越阴阳太久，长期处于虚虚实实的物质界边缘，所以恨不得马上逃跑，遁入无穷尽的寂灭之国。陆先生只好承认，天底下很多事情人们尚无法理解，但它们的存在确凿不移。与彝族长者相仿，酒馆老板游走于人类历史之外，把巢穴安在时间终点。而他性命垂危的玄孙大概继承了一小部分不朽，结果尤为糟糕，居然身陷恒久的弥留之境，这是活生生的死亡，是毫无间歇的永罚，是比虚无更空洞的苟延残喘，也是对阎罗王欠下越来越难以偿付的巨额债务，等到清算之日，势必天崩地裂……

“只有胡芒麦子能解决问题。”酒馆老板叹道。

9

又一连串剧烈的摇晃，千百道地震波在人们脚底乱冲乱撞。苍穹越来越高，月亮越来越大，业已突破临界值，正朝万物施放它横恩滥赏的光芒，并以惊人的高速一夜两次划过黑旋花似的绚烂天空。世界已到坏劫之时，乾坤焰辉万丈，变作一副恢宏、坼裂、晃荡不息的水晶棺材。结局是再坚固的楼房也会坍塌，沦为水下遗迹万千废墟中不起眼的一座。男仆阿德披挂一件能凝聚法力的密宗骨衣，把大伙儿带进一间空荡荡的屋子，它通连临街阳台，处处沙尘流动，古朴的吊顶风扇下面摆放着一只镶银大浴缸。房门开启之际，地板倾斜，墙体八花九裂。美洲蕨拼命往上蹿，似乎不愿与城市同眠海底，下边尽是恐怖的魔影或身穿潜水服的木乃伊，附近游荡着月鱼和幽灵蟹，偶尔还能听见从水底的寺院传来一阵阵钟声，仿佛要迎接海平面下方的清晨。从歪歪斜斜的窗户向外张望，可以看到若干屋脊以及好多欢快的小船小艇漂浮在无边无际的汪洋里。肥硕的露脊鲸、大翅鲸从高空俯冲而下，溅起冲天的波浪，预示着整个星球势将海沸河翻。晚穹湛蓝，月亮已经被一片笼罩云端的咸水湖遮没，人们头顶是一个橙黄的轮廓，外加大泽之上投映的粼粼月光。

陆先生一度以为，自己活不过那个晚上，但他只担心可恨的雀盲眼会因气压变化而陡然病发。这一刻，从年月底部，男人的思绪之网再次捞起他孩提时受尽耻笑的远大梦想。酒馆老板向伙伴们郑重宣告，正如经书所载，古印度的伟大知梵者早已指明，升入天神诸界的阶梯乃是秘仪、思想和月亮。

“秘仪即思想，思想即月亮，月亮即解脱，终极解脱！”

屋外大雨轰鸣，水天不辨，高个子教授仿如一只火鸡，有点儿魂不守舍。由于回味娇妻烹饪的最后晚餐，追想她明眸的毒液、害人不浅的花枝，他险些忘掉了万能大师莱布尼茨。“她很美，”男人自言自语，“好像月亮女神。”

酒馆老板告诉逻辑学教授，他不会喜欢阿尔忒弥斯，因为她保护淫娃荡妇，鼓励通奸。但无论如何，月球上确实住了许多仙姑，个个无比光艳，整日弦歌鼓舞，并负责看守储藏不老神膏的货栈，只可惜恶劣的天气令她们越来越凶残、狡诈、色欲衰减，如今月宫与老年之家已然没什么区别。老板手扶大浴缸边沿，放声喊道，还需要一只小乌龟。

“海龟行吗？”

“不好说，可以试试。”

整幢大楼歪倒的速度不断加剧。陆先生冲向近乎断裂的阳台。逻辑学教授紧跟在后，却苦于视力不佳，觉得到处都是棱皮龟、扁背龟和橄榄丽龟。街对面，躯体又庞大又轻盈的王乌贼掠过房顶，追逐鸟雀。笨重的海象在几部《惠克特年鉴》的陪伴下从天而降，犹若颤动的巨大鹰嘴豆，入水时咆哮不已。两三头来自苏门答腊的老玳瑁因受长尾鲨驱赶，正旋转着接近大楼。陆先生翻过生锈的栏杆，用脚勾住铁条，身子像一盏路灯朝外伸展，准备以倒挂金钟的姿势捕捞猎物。只见老玳瑁一路东翻西滚，纷纷挥动肥厚的前鳍，队形混乱不堪。陆先生眼疾手快，果断将其中一头逮到。男人动作敏捷，身体矫健，有如杂技演员，并没察觉自己的肋间肌已悄然恢复青春状态。月光下，奋战中，活力从体外回流，注入四肢百骸，浸透五脏六腑。他呼吸沉稳强劲，双目灼灼，岁月的磨难从脸上消散，使之重新焕发黄金时代的光彩，再次像三十几年前一样健康俊朗。

酒馆老板与逻辑学教授刚刚把陆先生拽回房间，远处又漂来一个尖叫乱吼、急头赖脸的大块头。他在激流中半浮半沉，奋力吟咏某位巨匠的抒情诗，时不时掺入一声呼救。“月亮，圆硕头颅的王冠！月亮，老天爷疯狂的心脏！……”透过绵密的雨线，陆先生好不容易才认清他正是今晚兜售集子的青年诗人。这家伙面目狰狞，死命挥舞一条银斧鱼和一条放电的斑刀鱼，嘴上还叼着两条刺鲅。他一身碎绒烂布，满脑袋的奇文瑰句大约已被洪水冲刷一光。陆先生再度探出围栏，将他捞上阳台。青年扔掉鱼形的生猛武器，紧紧抱住一本艾尔·伊德里西的《云游者之趣味书》不放手。此时，无比雄浑的雨盖下，一大堆七杂八色的皮划艇、脚踏船、冲锋舟、竹排、浮标、蒸汽渡轮、老旧的小炮舰，乃至从科技馆的展场内驶向大街的明代商舶，无不顺流而下。船头船尾挤满了狂人，他们推推搡搡，蹦蹦跳跳，互相发送灯语，比赛撒尿，争食火龙果，闹得不可开交，分明是诗国极为严酷的新一轮物竞天择。他们同属于抛射派，堪比不倒翁，更模仿海虱的举动，从一艘船弹到另一艘船上，并无一人失足落水。这一支支小舰队时而排列成针形，时而排列成雷电形，你一枪我一炮交战无休，湖南人湖北人处于最不要命的第一线，四川人安徽人摇旗呐喊，其余省份的团伙当然也不甘示弱，他们以言语为武器彼此攻防，孰胜孰败尚难预料。危急之中，酒馆老板奋起神勇，将遍布蟹爪纹的大浴缸推到阳台，称言烧制此物的材料坚不可摧，包括独脚莲的根茎、九蒸九晒的黄泥、阿希雷姆国王石棺内千年老蟾蜍的唾液、灾星的紫芒以及女人的顽强意志。浴缸之神助佑！如今老板要依靠它，登陆大月亮，去寻找胡芒麦子，寻找在地球上遗失的各种珍宝。哦，夜空恰似一朵黑色的泰坦魔芋，众多复杂的细节根本没办法尽述！它无可比拟的巨硕雄蕊，从星图的深水区探向凡尘，要把人类度往支离破碎的黑暗天宫。酒馆老板，这名退隐多年的探险家，永生不死的文物贩子，尽管头上生满秃疮，永久的秃疮，碍眼的秃疮，此刻仍骄傲地高声宣布，陆先生将是这一次壮丽航程的船长，因为他目光里深含圣布伦丹的沉勇坚毅，投射出奥利弗 · 范努尔特面对茫茫太平洋时、弗朗西斯 · 德雷克面对西班牙无敌舰队时充溢的必胜信念。逻辑学教授鼓掌祝贺，青年诗人却极力反对。他抬起湿淋淋的大脑袋，恍惚看见复活的耶稣站在自己跟前，两旁分别是翻着白眼的圣彼得和手持宝剑的圣保罗。不过，青年诗人迅速醒过神来。他诋毁陆先生连一星半点才情都没有，所以完全不够格当船长。“大傻瓜！老废物！”他扯开喉咙大嚷，“你会用诗歌给飞船充电吗？远征、信仰和文学创作，三者是相互哺育的！”但阿罗不可能定理的初始条件已连根拔除，年轻人癫头癫脑的意见旋遭压制。他看到一只愣呆呆的啄木鸟停落在身旁，决定隐忍不发，待登月之后再称帝。启航仪式很简短。首先是铜头铁脸的阿德向大伙分发《太空漫游手册》，紧接着新船长接受老板赠送的家族信物，并以应天受命的庄严神色，郑重其事地、大眼瞪小眼地向他逐一介绍此次旅程的成员：船长陆先生、舵手酒馆老板、导航员逻辑学教授，壮硕的青年诗人充当杂工。航行的推进力是气流和海龟之梦，目的地是月球正面辽阔的风暴洋。

老板肃坐浴缸前端，脸朝天际，元神朗澈。而船长陆先生从未像眼下这样不可动摇。他似乎就是意气昂扬的英雄伊阿宋，即将乘驭“阿尔戈号”（结实的大船！桅杆由一棵会说话的栎树做成！）逐风追影，驶过海岛与峰峦，驶向无尽远空，闯入浩瀚的宇宙。这个狐潜鼠伏的神圣之夜，力量在男人的内心猛增，使之双目含电，鼻孔喷火，足以战胜所有厄运。他脚踏右舷（无与伦比的巨舰！舢板可用来占卜，以讨人厌的希腊诸神之名！）直指圆月，大声说道：

“起锚。”

2005 年，2013 年

倏　兰

诗是来自内心的东西，和梦是手足。

——托马斯·特朗斯特罗姆

我已经一年没做梦了……从上次葬礼到现在，不多不少，恰好一年。此前，因在瀛波庄园埋头研究阿兹特克帝国的金星历、乔维斯的《奇迹之书》和艾克哈特大师的《讲道录》，我反复梦见那个美丽女人。她两片半透明的眼睑好像摹画用的油竹纸，皮肤苍白得近乎病态，能够凭一个吻将男子焚毁。如今我知道，她大概属于某支古老的蓝血部族，所信奉的某个上帝是一位骑独轮车的威严老者，是一名在虚实之间来来回回走软索的杂耍巨匠，是一座不停变更地址的旧式马戏场……他站在自己的泡沫岩脑袋上，不辞劳苦地再三拯救其选民，召唤教徒们返璞归真。可这伙蠢蛋认为创世本身便是一场梦，故而非常嫌弃造物主的大袍子，拒不服食信仰的药丸，拒不接受他充沛的厚爱、悲悯的救赎，以及苦涩的丰饶赏赐……岂止如此，他们还本末倒置，对那位天父的大捷绝口不提，死活要挣脱他赋予尘世徒众的生命之轭，即使他哀伤、震怒、发狠，乃至低三下四地恳求都无济于事。他们已掌握强大的兵器和攻城术，没必要再依靠什么白胡子老上帝来抵御撒旦，况且今天的地狱既不像从前那样真实，也不像从前那样炎热拥挤，它各层的客房大多空置……很长一段时期，我梦魂颠倒，总在香球摆荡的幻影间与这个女人热切地对视，胡言乱语犹若灵修学家的高深著作。她大腿外侧烙着发光的环形符咒，布满了富含意义的纹理。据说，那是无形的魔法镣铐，专务束缚心魄……我乘坐一趟灯火通明的列车去同她幽会，烧煤的老式火车头浓烟滚滚，穿越浓黑的阡陌，渡过澄澈的宁谧大河（水面上有一具哀伤的浮尸顺流而下），然后驶入沉睡的村镇。那时节，恰逢乌腾腾的隐翅虫大军在田野上游荡。它们动作极其敏捷，身形扁阔肥圆，六只脚比蛛丝还细，正成群结队迁徙，似乎要把夜暗搬运到天际。这些怪异的昆虫十分团结，前赴后继地追寻自己遥远的神圣理想。酣眠的人们被魔虱吸走生命而浑然不觉。稀疏的星星浑似犯困的小眼睛，或难以读懂的灵文奇字……足足三年，她在终点站等候，在我面前无声绽放宛如一株夜百合。

然而，快乐的时光如此短暂，堪比女人轻轻一眨眼。深宵的冷风还在她全身贪婪地漫游，我却不得不臣服于无可反抗的自然之力，乘坐另一列昏暗的火车，匆匆返回曙色，并借助一条冗长的隧道恍然苏醒。我器官枯萎，身体上留下深深的暗青色唇痕。直至有一天她说："你不会再来找我，也不会记住我。"那一刻，午夜的天空忽然大亮，诸多长方体的印象逐渐在视网膜上呈现，加深，越来越明晰可辨。秋晨的清光里，各种形状与各式图腾密密层层一同显露，仿佛一次达达主义的新世纪大展……透过无色片一般奇异的空气，我看到屋顶、烟囱、桥梁、风车、发射塔，惊觉自己活像个大笨蛋，站在高楼环伺的空旷大街上，睡眼惺忪，被一位叼着根香烟的巡夜老警察面无表情地久久盯视。

整整一年，我都在试图适应。不断回忆，不断缅怀，妄想凭一个老套的场景过渡到梦境。可是，犹如在黑暗中划亮一根火柴，晃眼的光焰使人看不清周遭物象，等到它燃尽，留给手指的灼痛又会让你忘记初衷……没人知晓我深藏的秘闻，没人关心那些奇妙的经验和残边剩角的模糊故事。因此，尽管精神支柱受到末世洪水的无情冲击，我辱身降志，忍垢偷生，依然是某个庞大机构雇佣的一名小会计，终日核账、填表，好比狗啃骨头，对世间的其余事物一无所悉……你们大可以相信，我像屎壳郎那样辛勤地积攒粪球，将白天的乏味工作视为硬邦邦的躯壳。但一到晚上，当夜神无聊地四处闲荡，腰间挂着开启星座的钥匙，我就趴在年月侵蚀的旧书桌上写呀写呀，用自己一生的每一晚写一首长诗，向虚妄的幸福发起远征，直到天边泛起一抹珍珠似的浅灰色。恰如一位老前辈所言，我作诗不是为了消磨光阴，而是为了活下来并且重生……夜间，已安寝的邻居们死死拽住酣梦不放，拒绝让其溜走。大伙儿一来到睡眠的宏伟斗兽场便破釜沉舟全力以赴，跟太上老君的青牛展开殊死较量，非要战胜它，扳倒它，把它掼在羽毛乱飞的床头上才肯罢手。他们牢牢捆住这头神畜，准备向它躲在兜率天宫里炼丹的主人索取赔偿。午夜两点钟，鼾声的交响乐令整栋公寓楼变成一座竖起的方形大戏院，听众是依旧清醒的尘间万物以及遍布星斑的夜空……这场怨天尤人、彼此诟骂的命运歌剧终止后，所有套房将结束灵魂的集体供暖，再度沉入空虚与静谧之湖的幽暗底部。此时此刻，住我楼上的退休老教授，尚在伏案劳动，熬夜给国家发展和改革委员会写万言书。他活脱脱是个委拉斯开兹笔下的老派人物，仍使用计划经济时代的信笺誊抄手稿，桌前墙边堆满各类年鉴、手册、资料汇编，以及装在柳条筐内、为科研之炬提供油料的参考文献。窗台上摆了一只已做成标本的蓝橿鸟，楼旁生长的高大乌柏树朝它投下摇曳的阴霾……这位可敬可爱的教授正沿着数据与实例搭建的脚手架，往他直言不讳、陈词慷慨的篇章深处攀爬。老人时时抬起头，暂停他壮怀激烈的奋笔疾书，双眼火光迸溅，状如一只巨大的壁虎，在地板和天花板之间疾速乱窜，跳过早已坏掉的破空调，在印着令人眩晕的分形图案的蛋青色墙纸上捕食苍蝇。随后，他吞下治疗腹泻的铋剂，勃然变色，猛地穿过房门，冲向黑洞洞的廊道，胡乱演练一通盲拳，再悄无声息地徘徊好一阵子，伏在墙角默默构思其匡世济民的不朽雄文。

我喜欢躲进无人打扰的小单间记录诗行，企图破译黑夜的维热纳尔密码。纷繁、扑闪的意象蜂群般萦绕于眼前，宛若诗神发下的一份份合约，绵延的词语如煮沸的菜汤漫过白纸边缘，在桌面到处流淌……我近来的趣味，似乎正顺着夜晚的阒寂甬道一头冲入绝无人迹的深黑，其实那里恰恰藏有最光明灿熳的微妙洞天，足以任由想象力翻滚扑腾。偶尔，我看见几片枯叶在梦中旋停，焚烧，化为灼焰，化为炽热的尘埃，蓝烟缭绕，颇似幻想生物的轻盈染色体……这时我会醒来，把烟头捻灭，以免与手稿一同葬身火海。事到如今，木已成舟，我反倒不再焦虑，尽管大半年来梦境被神秘的力量取消，好像有一只手抹掉了沙盘内涂写的字迹：睡眠如休克昏迷，记忆如遗忘之海推上现实岸滩的腐烂死鲸。

或许我已病入膏肓，不是因为做账，不是因为写诗，而是因为幻梦的骤然停摆。仿佛在经历一场心魂的腮腺炎，我极度困顿，徒劳追忆她不存在的面容，但除了霜色裙角和那一句断语，脑海里没有再保存她任何片段……在冷漠、空幻而笃定如宿命的秘密轨道间，千万道蛇形光芒向我涌来，那趟灯火通明的列车彻夜飞驰，桌面上摆放的豪华版《敦煌画》无缘无故地自动翻页，哗啦啦直响。于是我被寂静攫住，呼吸困难，单调的金属撞击声使这一氛围愈发强烈，愈发莫测高深。我唯有日夜轮换着枯坐于办公桌与小房间的书案前，指望时光能够冲刷一切，将贫乏变为富足，甚至起死回生……有一天，我惊讶地发觉自己不会做账了，对于从事多年的工作感到茫然无措，任务万般棘手。好在那个机构极其庞大，以致我愚蠢的低级失误看上去微不足道。自始至终，这件事没人追究。机构照样运转，完全无动于衷。不妨把它比作一头迟钝的巨兽、体积庞大的生灵，我充其量是它体内一颗病变细胞，周围忙忙碌碌、缩头缩脑的同僚无暇为之幸灾乐祸。这只业界公认的霸王龙根本没做成任何伟绩壮举。各项事务一再遭致拖延、推迟，总是半途而废，堆到无人问津的死角，沦为累赘且逐渐发霉……可悲的进程周而复始，永劫循环，简直就像饱含魔油的血液在滋养大批寄生虫。这无疑是一次阿拉伯下注法的反向运用：负能量筹码一日日激增，势将导致最终的崩溃，压垮大伙儿赖以谋生的公营老骆驼。然而，谁也不相信灭顶之灾会立即降临，所以革新的举措往往四处碰壁，惨淡收场……当时我没有任何积蓄，被认为是一个独脚鬼，尽管并非多愁多病的类型，脆弱的生活很大程度仍要靠旁人的漠然无视和瞬发的恻隐才可以维持。不过，那帮矫揉造作的慈善家、阿谀奉承的经营者又何尝不是些滑稽透顶的丑角？他们意图明确的怜悯多么诚恳地发自肺腑！

但是，很不走运，写诗的灵感也面临枯竭。每个深夜我坐在书桌前，两手颤抖，双眼通红，经常一连数小时凝视窗外，妄图透过坚硬冰冷的建筑群，返回梦中那无以名状的晦暗郊野。

诗人说，时间不是直线，而是迷宫……我一度在匀速行驶的火车上往外张望，瞧见野生昙花与哀伤的浮尸，四面八方的黑暗犹如静止的永恒铅块。这是辉煌的黑暗，至深的黑暗，不可窥测的黑暗，满含隐秘之美。必须借助想象，方能看到前述图景。我知道天上还有无数匹黑马正踏着铅层奔跑，苍穹裂成驰道，终点位于灰亮的、捉摸不定的地平线远端……她在那儿等我，裙角轻轻拂动。夏夜的星空恍如两头纠缠恶斗的璀璨八爪鱼。引路者是一只长翅膀的镀银手电筒，它悬浮晃荡，若有所思，沉默不语，自认为是一盏探海灯。途中我大胆伸手去牵她胳膊，进而握住她腰肢。女人的脸庞如烧如炙。可是，很遗憾，我没能留住任何触感，只觉得腕关节僵硬异常，偏偏指掌间又空无一物。忆起这番情景，更是难以成眠，致使我终日疲惫不堪……躯体内可怕的狂澜横冲直撞，要将脆弱如琉璃杯盏的五脏六腑逐一捣毁。

至于诗歌，我不是一字未动，就是写一句删十行。有时候大半生转瞬即逝，有时候一个白昼的下午便长得望不见尽头。

等我终于认识到非去找她不可，已经是八九个月以后了。跨入新千年，光阴的黄金旋轮不断提速，以失控之势撞进史诗大片描绘的虚幻共和国，企图一劳永逸地完结历史，向美梦课征高昂的奢侈税。我用数不清的日日夜夜写一首唯一之诗，因为除此以外无他可想，无事可做。前往远郊的墓园匆匆告别一个好友时，我心头的寂寥远胜于悲痛，就像老驮畜误入一片戈壁滩，不知如何是好，并且这才发觉我们之间很陌生，很隔阂，彼此需要的无非是对方昔年的碎片残影……千真万确，岁月在人们身上流逝的速度截然不同！也许你认为从分离到相聚仅仅是一眨眼，而旁人感觉已恍如隔世。那天，下过一场密密稠稠的冰凉大雨，我再也没能展开熟悉的梦境，醒来之后却逐渐忘掉已化成骨灰的好友……夕阳下，潮湿的世界烟雾腾腾。我间或想起铁轨旁低回的金斑大蜻蜓和金龟子，它们在连环的永夜静静觅食、交配、死去。当火车驶过一片密林，成千上万颗大眼睛从它们槭树的安眠里惊起，扑啦扑啦的阵阵声响朝天铺开……晚空广阔无垠，我似乎看见黑色的佩加索斯在扇动翅翼，看见一株黑檀树不停向上生长，看见一只黑天鹅以阴郁之态，飞往又大又饱满的月食。那轮缓慢旋转的青铜圆盘微微闪光，暗星云深邃的内层构造一览无余。

本以为梦已没法挽回，原因是诗歌正在消退。然而，我并未彻底绝望，毕竟工作不可能更加枯燥了，况且本人狂乱的三魂七魄又抵抗不住沉沦的诱惑。日子和面孔，在发光的河流里交错、重叠，互相照亮……不知要过多少年，我才会想到，那时何尝没有微隐的启示，而一切全在看似偶然的过程中连接。某天黄昏，寒意袭人，星宿的胚胎还在云床上发育。我从城市另一头归来，怀揣三卷《梦符散曲》，意绪消沉，腑脏灼热，隔着两条大街和惊惶不安的群鸦，遥望那一栋日复一日将我囚禁的公寓楼。它内部积压了无数个夜晚，线条锋利，好像一座断头台。空屋子没关灯，光芒源源不断流向窗外，天色陡然昏暗下来，于是我重又觉得暮空如梦境般幽深恐怖。乌云的边缘是翻卷的明亮水汽，环状的夜寂仿若一轮巨大的休止符，将万事万物锁死……约莫一个小时后，我在客流高峰期的地铁车厢里沉沉入睡，落向无知觉的深坑，对此拥挤嘈杂的环境、浑浊的空气以及相伴多年的神经衰弱均未能阻止。蒙眬中，我感到周遭静谧，寒烟弥漫的夜晚睡意犹浓，而列车行进的节奏既陌生又熟悉，脱头脱脑的凌乱线索再一次排列组合。我心情平静，并无一丝惊疑，更无一丝顾虑。星盏碎裂又重生，月光的涡纹消失又泛起……蓦然间，有个女人的形象如一匹雌鹿呼啸奔来，冲破蛛网密布的回忆，明灭不定的词汇逐渐从我意识最深层浮现：倏兰。没错，是倏兰。这两个字恍如暗夜金灯，使人在一瞬间大彻大悟，甚至能听到钥匙插入锁孔的美妙声音。她闪动的倩影本已气泡般破灭消散，此刻却颇为神奇地复原完好。正是这女人把我引向床笫。多少个良宵她身姿起伏，目光迷离，笑声足以使最坚强的男子汉发狂发疯。我抱住她，潜入情欲的激流，神魂漆黑一片……夜幕下，世间万象在近旁奔腾，陨冰落自九天，我们却岿然不动。女人穿着圣洁而又堕落的白色睡袍，宛似一株盛夏久经暴晒的蜀葵，怀腹滚烫，双乳由浓稠的液态阳光凝成。她灿烂的爱情令星星暗淡，她曼妙的身体是一尊无与伦比的容器，盛满燃烧的欢乐美酒。在女人罪业难消的香巢里，我时而像一位英雄，时而像一个农夫，迫使她王后般喘息，爱奴般呻吟，裸兽般污秽……长夜的韶光无名无姓，女人却羞涩如新娘，放纵如大群野鸽，填满我又深又烫的欲望。大约一年前，她在老族母的盛怒下投火自尽，罪名是滥用偷梦术、勾引外乡男子。倏兰说，他们原本拥有全天下最多最好的梦珍宝，竟不得不乞讨度日，因为部族长老尽是些蹈人旧辙的守财奴，偏又希望能当上先知，希望如神谕所示，拼凑一本书，表演三倍精彩的奇迹，把高悬晚空的月亮劈成两半……那天夜里，我恍若置身于时光之河上游的古城巴勒贝克，头昏脑涨地走过埃拉伽巴路斯皇帝的奢靡行宫。在仿拟宇宙轮廓的圆形圣殿内，在这个已经灭绝的世界文明的遗迹中，祭坛四周的大理石地板上铺撒着灵幻的麦穗，怒火填膺的神官宣布倏兰等人将承受活焚之刑，声称要用最纯净的圣炎来涤荡附魔者，惩处叛教者，诸如此类挖天堂墙角的家伙会遭到狂暴使徒的严厉制裁，旨在以杀鸡儆猴的手段，以永劫永罚的场面来警告本族男女，必须一刻不停地提防无比深奥的荒漠妖王，而上帝就隐藏在法典的条文之中，隐藏在这一根根日久发臭的真理基柱之中……当晚，两个乱伦的姐弟与倏兰一同受戮。陪刑者是一名伪造天书、施展渎神骗术的迷狂老汉，他根本不屑于向圣灵祈祷，体内富含毒素，并坚决否认天国的边界乃是至善，反说应该是万物之主的大腿毛。老头子诋毁星辰，叱风骂雨，宣称那位心狠手辣、性情孤僻、贪多喜大、热衷于施虐的上帝也在受苦，他不断形成又不断消失，他瘦弱多病，越来越模糊，可是艰辛而不拘绳墨的创世工作远未终结，且将永无终结……步入烈焰前，倏兰脱去衣裙并扭头冲我微笑，眼中映满燔燎之光，灵力炽然，神情则近乎玩世不恭。她如此娇艳，如此销魂，好像一朵饱受霜冻、从不凋谢、恒开不败的番红花，又好像大获全胜的赌徒轻狂地转身离去。顷刻间，她在火光里变作沙砾，化为潮水般涌泛的芳香，脉搏反响于广漠夜空，与不远处集市的喧嚣互相混合……仅仅过了几秒钟，那片刑火便在昏尘暗雾中急剧衰退成一点萤色，让我难以确定自己当时是否悲痛万分，因为大团大团的潮气随即来袭，叙利亚鱼神把整座城市抹去，把黑夜的矩阵完全捣毁，只留下一片无年无岁、混混沌沌的恨海愁天。事发之日正值圣母领报节，大气明净，这段本该铭心刻骨的经历融入秋暮，几乎遗失殆尽……整整三百六十五天，我无法写诗，无法做梦，无法找到倏兰。

八百年前，艾克哈特大师以他振聋发聩的清吟，在圣马卡贝斯教堂向世人宣告，炼狱里永燃的并不是私欲，而是比之更肮脏的虚无，满满当当的虚无，严丝合缝的虚无，纯粹的虚无据说能烧光宇宙。但只要我们的悔过足够诚挚，大师凭真言至理起誓说，使其上升到天主的御座前，那么所有罪恶都将立即消失在他神圣的深渊内，快得叫你来不及闭上眼睛，来不及拍一拍手，咂一咂嘴，它们就已彻底灭绝，仿佛从未发生，唯有悔过本身得以留存……你即便不幸跑偏，即便与之为敌，仁心泛滥的圣父也不会远离，他仍旧爱意饱绽，视你如心肝宝贝。

倏兰，她是那个微小乾坤的绝对主宰，是它明艳、绚烂而坚实的顶天柱，是一切行为与觉识的池渊。仰赖她迸发的一星半点火花，大地众生便可以存活。我尝试把自己拥有的东西统统抛弃，把全部精神力聚集于渺小一点，不停为它灌注生命之本源，使其升入苍穹，迈向星路……按照大师的说法，能够令消逝的事物复活，必定是强有力的生命、真实的生命，在这样的生命里，甚至死亡也成为某种生命。于是我奋力咬紧牙关，挺过两天两夜，最终在高烧的幻觉中、在生死驳错的图形中再度走进倏兰的梦境，或者让彼此的梦境交叠，以便重温她无可比拟的迷人笑容。哦，傍晚是一枚硕大的明珠，清辉流耀！远近四方的景物如彩画绢灯，易碎而格外莹润……我们开始在梦乡的边境营造别墅，建材选用雾杉、紫晶岩与孔雀石，并设计一个能邀请繁星下界的宽敞庭院，可供夜光泻注，再搭配以拱廊和风信子花坛，华而不实的珰环垂挂在屋檐四角。倘若时间倒流，你还能看到倏兰在制作蜂蜜面包，看到我从秋旻深处酿取葡萄酒……周围是婆娑的竹色，是小梧桐的缈缈碧影，冬天可聚光，夏天可散暑，更远处是朦胧难辨的层层烟树，北面岩泉溢涌，南面湖光盈泛。我挽起女人戴铜指环的右手，走向岑夜的乡间小径，在一轮圆月之下撞见那偷锅的大山魈。月辉犹如流动的纯白沙粒，犹如精灵族的古老文字写满荒林……晚风与我们的感觉化作一体，吹得暗空似黑浪翻腾，溅起漫天闪烁的星芒屑沫。时间在倏兰脚下扬起灰尘……

很久以后，本人在一卷传奇之书的留白处记述道：我闯入光阴之神的万梦之梦，亦即梦旋涡极端紊乱的根源，因此大祸临头。转眼间，那本《水手辛巴达七次远航记》所制造的幻景冰消瓦解。我害怕永昼的无穷光芒，害怕返醒，害怕失去一生唯一的一首诗……那天下午，列车驶往荒郊，我原以为会遭遇一座阴森的特拉克尔式花园，或者一个萧瑟的图马斯 · 安哈瓦式黄昏，布满怪石崩云。岂料铁轨两旁尽是瑰丽的彩霞、圆硕的落日和灼烧的湖泊，银鱼不时跃出水面，处处金斑闪动，金莲盛开，金莺鸣唳，好像人间将重新熔炼，压缩成一颗致密的金色球体。凛冬与炎夏在天边交战，明澈的碎屑密布青穹，梦幻世界这颗史上最大的蓝钻石被切削得玲珑剔透。我沉浸于祟人的气氛之中，分不清妄境和实景，阻塞了无数日月的记忆竟突然畅通……那一刻魔星危悬，宵晖浮烁，我恍惚想起，倏兰原本是一位通灵舞者，是一名幻术师和幻象绘图师，能召来辞世的泰斗巨擘，能进入最复杂最离奇的人类意念底层，描画它无限微分的高级运算……我知道自己会在下一秒钟醒来，会扭头望向车窗外，看到陷落遭劫的圣所遗址，看到林间漫步的狩猎女神，看到死者的阴魂融入月亮。我似乎正缓缓苏醒，神识一点一点恢复，但依然被一股理所应当、必将如此的神秘体验牢牢控制，没法动一动身体。我从未想象过执幻成真是个什么样子，又从未这般肯定，确信它即将到来。无论如何，纯属意外也好，命中注定也好，总之我终于闯入一年前那永恒梦境，返回那座无声无息的黑色伊甸园……睁开眼睛，克服片刻的晕眩不适，夜暗如灰蛱蝶纷然散去，我发现自己坐在灯火通明的车厢内。列车穿越愁泉泪谷，穿越浓黑的阡陌，渡过澄澈的宁谧大河（水面上有一具哀伤的浮尸顺流而下），然后驶入沉睡的村镇。

2003 年，2013 年

萨　斯

当一切都归于宁静，黑夜已过去一半之时。

——《所罗门智训》

1

我昏头涨脑，离开瀛波庄园，径直朝市内走去……七点钟，阒然无声的夕阳又大又圆，正以永恒不变的庄严姿态，好似燃烧的鱼笼慢悠悠划过辽阔天河。稠密空气的涡流使它看上去很是滑腻，犹如魔神含住的一枚毛樱桃，冰凉而又多汁，却无一丝甜味……扩张失度的城区静静袒卧于暮色底部，逐渐浸入一片红轮西坠的厚实熔焰之中，听任它主宰一切：角角落落的低洼、白天难以察觉的隐蔽坑陷、悄无人迹的园林和空荡荡的街心广场，均由浓郁、纯正的金光注满，备显沉闷忧抑……半年来，持续累积的死寂使城镇不堪重压。遥远的三五声鸦啼愈发陌生怪诞。暮空是一座洪炉，落日颤巍巍的巨大轮廓下，残烟余炎到处奔腾。险恶傍晚的臃肿楼群呈蜂窝状，挤作一团，模糊不清，蜕变为一抹疮痍满目的藏青色，仿佛是愁眉苦脸的老赌徒……我身体阵阵发冷，五脏六腑如遭封冻，即将坏死。街市的灯光越来越稀疏寥落，越来越没精打采，景物正衰退成一大卷随意涂抹填色的黑白胶片，处处是拙劣的剪辑痕迹，毫无原创感，既呆笨又贫乏……从远处看，混凝土的深壑被一波接一波阴影轮番洗染，而高空中洪朗的光芒似乎更加稳固，仿若雄伟的方舟，满载缤纷多彩的毁灭天使。亡灵、生魂，以及近乎精神分裂地哆哆嗦嗦的活人，在鬼门关敞开的谷底相互穿梭，难辨彼此，混杂于这场放纵淫乱的、阴阳两界合办的游园盛会……但是，我们仍不难在弥留者空洞无神的目光里，找到生和死的微妙差别：他冥府的强大主人必定已为之烙上鬼火森森的判然印记。

2

此时此刻，藏书楼是我唯一要去、唯一能去之处，以便安安静静度过为数不多的日子，或者耗费两个月整理各类无益的嘱托遗愿，争取在自己上路前摆脱它们可恨的纠缠……记事本中不断划去的一个个姓名，要么僵冷多时，要么行将迸发垂死挣扎的悲鸣。夏末的黄昏冗长而明亮，正在营建玲珑剔透的柱廊。笔直、沉寂的公路两边，三叉针茅大肆生长，它们身后泛黑的杨树林展开万千条手臂，伸向天空，绵延至郊外，宛如密集的绞刑台，成群的粉蛾在枝叶间东飞西舞……图书馆的暗影渐渐扩大，好似一头抹香鲸在云际搁浅，近旁是灰色的新月。因为这半年的经历，我舍去夙恩旧爱，几乎变成另一个人，不再神经过敏、轻言妄谈，不再好斗、张狂如精力充沛的公野马。我认真查阅北魏人昙永撰写的《搜神论》残卷、爱·格·布朗编纂的《波斯文献史》初版，继而潜心览读基督教外典《托比特书》、伪经《以诺书》……不，今时今日我们更应该虔诚地、毕恭毕敬地称之为《埃塞俄比亚以诺启示录》，从中领悟捉迷藏游戏的深奥寓意，搞清楚叛逆的天使之灵和阴险狡猾的鬼怪如何侵蚀人间，如何建立邪恶的偶像崇拜，为此我又埋首钻研哈尔罗修斯或伪哈尔罗修斯的圣阶学说，以探究来自无底暗坑的使者亚波伦，剖析火狱七大魔王的名讳……先前，我勤奋地度过每个夜晚，屡屡在次晨的太阳初现之际猛然醒来。昏蒙时间的极深处，总有一道魔眼似的曙光静静闪耀，要抹去我亦真亦梦的哀伤软弱，而白昼的生活好像浸泡在极端澄澈的溶液里，令人眼花缭乱。我对未知的路途寄予厚望，发誓要捏紧自己命运的票根，甚至，要把贫穷视为富足，把忧愁当作欢乐……六个月前，我不会皈依任何末世宗教，不会理睬袁天罡的《推背图》或者犹太佬诺查丹玛斯的《百诗集》，始终相信人类的前途跟灿烂宇宙一样无限发散，永无终结。然而，这场冷酷的瘟疫迫使我一厢情愿的想法大为改观……

事到如今，除了红裙子姑娘隐隐约约的形象和刺鼻的消毒水气味，本人那原应盛满三灾六难的记忆大瓮内几近空无一物，仅剩余朦胧往昔的片鳞半爪。穷极无聊之下，我开始温习老旧泛黄的《说岳全传》连环画集。看到狼主金兀术哀悼他勇武过人但已被割去脑袋的侄儿完颜金弹子，为之镶配一枚假首入葬，童年的恐惧苏醒了……我一直以为，完颜金弹子即便舍弃他那颗触目惊心的大头依然没死，只不过由于败阵的耻辱、辜负王叔期望的自责，使这名骁将羞于见人，可他每晚仍会顶着一枚黑檀木脑袋在军营内巡逻，防范擅长偷袭的狡诈宋军……这段情节很早就获得我灵魂一角的永久居留权，成为恒定的梦魇发源地，并屡屡充作思想繁密的头盖骨天穹的星云背景。以孩提时代的化脓性脑膜炎和肺水肿为契机，我自幼参悟死活，深知众生万灵皆肩扛霹雳、脚踩炽炭……如果要下雨，便由它下吧！难道那些个医院、隔离区、染病的推土机和轮式坦克，那些个回寒倒冷的反常天气，那些个狼藉的墓地、陵园和大雨淋漓的深秋乱坟岗，乃至改头换面的各色无政府主义，还不足以解释一切，让我们认清世界的本质，指明我们这群幸存者必死的宿命？……俗话说两眼一闭，万事皆忘！分析、争论全无用处！英俊的哈德斯张开他一视同仁的网罗，等候迷途的不速之客。现状确实如此：人们正在死去，文明正在消失。

3

晚空呈绛红色，散落着流星余迹。它们有如一道又一道明澈的丝绦，将大气层悄然缠缚，在无穷远端构成众多晦暧的深景。

沙斯新闻社今日报道：

“……死亡人数已无法精准统计……据最新预测，萨斯感染者总共超过三十八亿。地球一半居民将死于这场浩劫……截至记者发稿时，纳米比亚、加里西亚、斯堪的纳维亚，以及西北西伯利亚……又发现病毒的最新变体……”

天还没完全黑下来，暮光在冷遭歧视的城市上方流浪，令斑斑驳驳的低空形如瘀肿，万物因此而窒息。古罗斯国第一部史书《往年纪事》所描述的长矛形巨星再度出现……我这个意淫犯，逃脱罪责的猥亵之徒，连做梦都渴望那座情欲的伪造天堂，它隐藏在一只女人的高跟鞋里，毁世神湿婆极尽温柔地将其揽入怀中。

“……全体公民注意，”大功率的扩音器震响市区，“全体公民注意，新一轮疫情预计七十二小时内爆发，务必做好应对……”

哦，海参崴至阿拉木图一线的雾墙已经启动！据称我们的存亡将取决于它效力的高低。无边无涯、杀机重重的第五季节！果实累累的地狱之秋！遍布烟霭与药剂的苍穹，恍若纯诗般万彩千光，充斥着近乎饱和的大气逆辐射，蛛网似的电线把黄昏这块馊枣糕胡乱切开、捣碎，方便它化整为零，潜入城市的纵深地带。

“……明天凌晨将喷放新型消毒液，请某某处居民撤离……感染过十九号萨斯病毒并成功康复的人员，六天之内到邻近医疗机构登记……重复一遍……”

不久，我们头顶将开始飘雪，温度骤降，处处结满冰凌花。

污水已流遍三江七泽，暝色走入街巷……夜晚如敲碎的核桃裂纹横斜，如漂浮在死水表面的绿萍，如大千世界的残片，分化成几百万光影泛滥的独立公国。

4

与所有人一样，我满心期盼一场夏季的倾盆大雨，任由它涤荡世界。顽劣的瘟神又一次将习俗改变：没人再参加殡仪葬礼，绵绵无尽的宏大葬礼。死亡掰断光阴的翅膀，本身更成为国际货币，在全球五大洲肆意流通。丧钟为谁敲响？拥挤的冥府或许不得不扩建新狱。作家们忙于互致悼词。夺命传染病一轮轮猛攻，变异体循环进化……数十亿年物竞天择的两项伟大成就，免疫力和智慧，短短一百八十多天即宣告崩溃。人类最仰赖的科技彻底败给萨斯源源不绝的分裂繁殖。据说它大举蔓延，是我国甚至是全世界文化产业疲弱不振所催生的恶果。血腥的娱乐史一再证明，漠视人民大众的精神需求而导致的社会动荡，破坏力丝毫不亚于饥荒……在古罗马，百姓的不满情绪岂止令王朝统治岌岌可危，搞不好还会直接促发政变。事实上，跟我们相比，那些病愈者没有任何优势：大魔头总是毫无甄别地劫掠生命。半年以前，那个石化的冬天，他不温不火，首先试探人们的虚实。找到缺口之后，便大张旗鼓，像洪水漫过坍塌的堤岸，形成一片汪洋……我认为《恶魔通史》应重新修订才对！首先，他举止文雅，满脸真诚恭谦，到处找人谈话，把死亡国度的钥匙彬彬有礼地递给他欣赏的男男女女。其次，不论是无辜者还是罪孽深重之徒，不论是边远的原始部落，还是大都会的高档社区，统统沦为等待收割的庄稼地。人们莫名其妙倒下，戴着厚厚的口罩，戴着防毒面具，戴着各式徒劳的象征和难以克服的惊骇仓皇……东南天际，世界卫生组织的肥大热气球悬在高空，它那醒目的蛇徽受到残阳照耀，呈现暮影消沉的赤金色，犹如一张《古代神灵图像集》的彩印插页。隶属红十字会和红新月会的飞艇组成波澜壮阔的队伍，令我颇感离奇，以为自己正身处一部蹩脚的战争巨作之中。它由一名热爱深焦镜头的大导演拍摄。这位晕头转向的艺术家痴迷于静景，使用栗黄色滤光片，以营造一种既灼热又辉煌的明暗效果，仿佛人间已陷入恒久的迟暮……那汇合的两支舰队使我们想起千百年前死伤惨重的征战，它们肿胀的氦气囊覆满条纹，还印有十分晃眼的神圣标志，以及兴登堡惨案的淡淡阴影。在威严、清澈的油漆反光里，在黑乎乎的栾树丛上方，这伙空中怪物的浑圆轮廓不时消隐，进而演变成一层一层幻象，穿过明净不祥的空间，冲破亡灵的重重围堵，奋力驶向远方……

5

信任和温情尽遭瓦解，每一个表情或动作均可能被认定为危险的征兆。举报、检测、转移、隔离乃至多重隔离无休无止。救护车不够用就出动大型客车，再不够用就出动卡车、火车、客轮乃至货运飞机。轰鸣的灾难破墙而入。毫不知情的人们在机械丛林里、在冷冰冰的舱房内辗转，弄不清自己要迁往何处。他们彼此畏惧，互相猜疑，除了默默流泪便是悲叹，终日在封锁消息的烂泥塘中爬滚。他们最实际的希望，是拥有一张洁净的床铺，能跟气色好一些的陌生人住到一起。然而，城市上空回荡的警报声让公众懂得：事态正日益滑落至不可挽救的境地。各处皆设立了庞大隔离区，惊恐之夜，居民被简单分为两类：健康人与非健康人。部队的行军使大地颤抖，蒺藜丛似的枪杆指向隔离区，以防止受困的男女老幼闯关越界。逃跑？绝对是送死，而且不明不白！……感染者越来越多，隔离区越来越大，飞荡着群鸟的阴魂，实施戒严的军队只好往城外撤退。部分不幸的士兵遭到遗弃，散落于荒凉的封闭市镇听天由命，其余人驻扎在远郊，扼守交通要道。犬牙交错的防线之间，是无所顾忌的娼寮和生意兴隆的酒馆，村庄则整座整座废弃，堕落为黄泉驿店。数以千计的孤城死镇里，家庭纷纷碎裂，社会关系化为乌有，部长省长们向不复存在的基层组织发号施令……随着官僚系统一级级瘫痪，诸多短命的自治领或共和国试图填补真空，绝大部分以失败收场，白白增添了不少政变流血的冤魂。隔离区之中迅速建成更小更拥挤的隔离区。可悲的人群涌进失控的医院，向那些因见证死亡日夜逞威而麻木不仁的白衣天使乞怜……极短时间内，理性的支柱轰然倒塌，宗教信仰也变作一盘散沙。有人肆无忌惮地竖起手握钐镰的死神雕像，或者满身流脓的瘟神雕像，举行狂交乱性的黑弥撒，脱掉裤子祈求严父的杖责。有人加入阉割教派，忍一时之痛而一劳永逸地熄灭乖张的情火，弃绝低贱的世俗之乐。凶残啊！他们把异端贤哲、圣经批判学始祖奥利金视作楷模，为了真正的天国毅然自宫，拔去肉欲之刺，剪去肉欲之根，使肉欲转变为殉道者脑袋上亮闪闪的银白光环……那位英勇无畏的大师预言我们终将以球形复活。当然，很多人态度敷衍，只实施了包皮环切手术，妄图蒙混过关，好像这名全宇宙最大的债权人和典狱长容易欺骗，是个不识货的老傻瓜。新千年尚在经历一场急剧的净化及去商业化。我们如同闯入威尼斯画派描绘渲染的神话时代，万千物类好似浸泡于明胶溶液之中，但悬浮的微尘已不见踪迹，碧空无垠，金黄的昼光从一只浊暗的魔瓶内滚滚释放……深广的图卷里，骄阳狂傲之至，不晓得一场太空洪灾正悄然迫近。这个三流技法勾勒的世界明显受到诅咒，被下过蛊。在那魔化现实的极深层，原先运转着制造欢愉的巨型机器，无忧无虑的富家子弟将父辈的钱财败荡一空，斗蟋蟀的闲人摇头晃脑，散布于省城周边的角角落落……总而言之，观众在一张张毫无真情挚意的伪劣画作跟前不哭不笑，他们站成一列恒温恒湿的麻将脸，游荡于永夜边缘，愁苦地寻找自己最后的忠实牌友。

6

隔离区的夜晚伸手不见五指，是一头瞎眼的怪胎，无法向四周延展。空间似乎仅剩下一个方向。它徒然迂回拐弯，躲避外围远射灯的光柱到处转圈而无果，唯有可耻地终结于街垒路障、死胡同，或者井盖敞开的阴沟里……穿过冥冥暗夜的任何探险均注定失败，除了一次次绕返原地，我们别无选择，因为它是白昼难以解析的立方根，是一个无限不循环小数，若借用金融家的专业术语，不妨把它比作私印私发的流通券，但它极其乏味，毫无神秘可言。大清早，道旁路边堆满已变冷的灰烬、图书、发霉食物和种类繁多的新旧电器……几天以前，广场上支起六七十顶帐篷，住进一大群来历不明的男女。他们营地的四角各有一面颇为罕见的百脚旗、八九只铜铃和两盏高压水银灯。这帮人把苹果汁及蜂巢蒸馏成烈性甜味饮料，天天奇装异饰，既不穿防护服，也不戴俗称鬼脸的防毒面具，更无安全头盔，甚至连最基本的活性炭口罩都弃之不用……他们一个个居丧似的行动迟缓，仿佛少根筋，仿佛是麻风病人，并且倒捧圣书，摘下各自的眼镜片，换作硝猪皮，更全身缀满破烂，扮成秧鸡，跳起木屐舞。我猜想，这大约是个安葬仪式，因为晨风吹来断断续续的吟声人语："你立于生命之地，立于神光之中，立于亚伯拉罕、以扫和雅各之中……在那儿，苦难、悲愁与哀叹尽皆逃避……制裁罪人吧，悲悯、仁慈而宽大的上帝，正义、公道而威猛的上帝，阴沉、狂怒、刑罚炎烈而可畏可怖的上帝……"清晨五点钟，众多宿营者不分老幼地装鬼演怪，穿上驼色毛外套，手搓麻绳，借此消耗他们与生俱来的傻气。又是新近创立的宗教团体。这些家伙将先前伐倒的楸树和落叶松劈成柴条，开始烹煮食物。袅袅炊烟升向浅黄色晨空，犹如紫墨水滴入盛满柴油的广口烧瓶，它同人类社会一样源远流长，早至神农尝百草的上古年代之初，腾腾烈烈的烤兽腿的篝火就在熏染大气层了。祝愿他们能多活几天，这群末世方舟放飞的肥美肉鸽啊……

偌大的图书馆空空荡荡，比坟场还寂静。两个小型旋风在大厅里较量，搅扰灰尘的深眠。仅仅半年前，图书馆的五六百个阅览室仍挤满研精究微的学者、整日忙碌的管理员、彻夜背书却昏昏欲睡的大学生、时而缠绵时而翻看杂志的小情侣……那段日子，我因为心头寂寞烧灼，总在图书馆的七重迷魂阵内寻寻觅觅，以近体诗人的情怀把它想象成绚丽的碧楼朱阁，把此处求知若渴的女青年想象成思春的莺莺燕燕。我推开一扇又一扇相似的房门，离开一个又一个折磨人的硬板座位，巴望找到一名同样寂寞的美女，谈谈现象学或者大乘佛教的六根六境，以便从她赞赏的目光里接收同样炽灼的热情……

当然找不到。美女何尝寂寞？她们用极端厌恶的眼神驱逐我，冷声冷气地示意本人赶快滚蛋，而且越远越好。不解风情！这帮贱货批评我露骨的利己主义，说我是一条多斑响尾蛇，横亘在她们陈旧的灵魂之路上！如果你顶不住，便会跟我一样，又惭又恼，落荒而逃，远离缤纷花影，渐致神经搭错线，埋下仇视大众的祸种。最终，连根本没资格称作美女的大傻妞也竞相效尤，嫌弃她们眼前穷身泼命的好男儿，将我赶进臭烘烘的脚气堆。唉，本人命中注定不受欢迎，深思苦索尽是枉然！唉，吞下苦果吧！收好你们粉嫩的武器吧！那群刁妇活像屁股上抹了油，直到老态龙钟仍劣性不改。简言之，我在女人面前滚开的经验很丰富，足够写一篇博士论文……她们指控我心存歹意，污蔑我呕心沥血殚精竭虑创作的幻想小说是低俗文学，作者讪皮讪脸，装死卖活，若非精神病也必定是极度无耻下流的变态淫棍。这伙女人还否认自己不忍释卷，没法拒绝我诉诸笔端的引诱教唆。其实她们不是小绵羊，我也不是老豺狼。同理，她们不是女猪倌，我也不是妇人棍子下贪食的牲畜。鬼知道为什么，她们既惊且厌，既愤慨不平，亦激动难禁，更了解鄙人有一副好身板，战斗力极强。然而，我已经胆色尽失，只会一味地衔悲茹恨，逢人就复述天才作家的名言：

“哦，那些酒馆的巨人，沉迷的疯子！”

7

抑郁症是一种又可怕又可怜的神魂疾病。多年来，我与之朝夕相处，与之不懈斗争，直到有一天听到先知振聋发聩的呼吼：去吧，变成伟大一族！……从那一刻起，我病情逐步好转，不再夜夜撞墙，搬起石头砸自己先天不足的八字脚。如今，我已然知道，那不过是引人发笑的幼稚病，是一次漫不经心的误诊。世人的命运，我告诉 Y，实为一场生与死之间的谈话！夜晚的潮汛从她眼睛最深处涌起。

天光诡异，令人分不清时辰，雪片似的郁暗从混沌多云的高空徐徐落下。长昼不暖不寒，路旁的春白菊匆匆绽开又凋谢，街上满是杨絮的旋涡，充斥杀人病菌的空气反倒使大树的生殖力越发旺盛……我一路奔往废弃的绛红色图书馆，那儿可以找到Y，她无与伦比的身体给予我莫大慰藉。姑娘原本躲在一座损毁的电影院里，直到一伙革命家将它霸占，充作他们召开会议的大礼堂。她几度蒙难，险些被当成女巫烧死或当成性奴卖掉……清晨，朝露急速蒸发，姑娘仍在背阴处熟睡，裸躺在床榻凌乱的棉峦间浮荡失神。她活泼好动的双乳起起伏伏，脑袋仰成一个怪异的角度，像要把俗世挣开。冰凉的脸蛋！娇小的臀部！鲜美的生命！明目张胆的欢乐源泉！姑娘悲不自抑，病态地轻声啜泣，间或抽搐般痴笑，深深陷入狂热的迷梦之中，散发着枯禾的凋败香气……我第一次见到Y，她正身穿一件缩水的海魂衫，趴在东倒西歪的书架上乱翻乱看，形如某个性感的小写字母。为了将自己长久投映在姑娘凝默的眸子里，我只能一动不动，盯视她低垂的衣领下方那两团被奶油色胸罩包裹的肉球。而为了不摘掉彼此的鬼脸，她提议用纸笔交谈。于是，好几个下午，嚓嚓喳喳的写字声从珍贵的乌田纸上不断振翅飞往天花板。我请姑娘品尝腌牛筋和不太新鲜的球甘蓝，告诉她既然没办法躲开噩梦编织者，没办法逃避魔物的威胁，倒不如主动迎击，好歹试一试以攻为守……所谓辞世，其实是世界与我们辞别，人死之前，大自然已先把他当成一具尸体！整整两个月，Y始终在专心致志寻觅一套书，我时常去陪伴她展开无望的搜索，全靠读读伊本·法德兰的大部头游记打发时光。姑娘说，作为她生存的唯一使命，找到此书的难度极大，几乎没什么完成的可能。然而，她向我描述，那是三册高贵的、布罗克豪斯主持修撰的意识流百科全书，亦即天堂百科全书和地狱百科全书的混编版，所夹藏的一朵朵烤焦的五色堇，不是为了辅助查阅而恰恰是为了促进遗忘……姑娘仅记得，母亲如何入迷地摩挲酱色封面的烫金大字，如何半痴半醉地拨弄书顶书根，又如何深情地、谨慎万分地翻动凸版印刷的书页，生怕它们脱胶散落。她像盲人一样凭借指腹的触感，从纸上汲取信息。明亮的彩印插图犹如炽焰，规规矩矩的表格内填满真理，饭团般朴实无华的真理。词句似波涛绵延起伏，往桌案上溅射金科玉律的火星。篇章之间的深渊居住着大量蝙蝠，这群灰精灵的月夜巡游使书房变暗……蠹鱼蚀出的小圆孔一天天增多、扩大，传统版式一点一滴收集白日梦的气体，最终凝聚成一头悲吟的神兽，堪称人间的亿万法则、变化无穷的经典之作。世界的秘闻势必因其损毁而遭沉埋，不见天日，历史将产生塌陷的坑洞，人类的发展道路将遇到断桥阻拦……Y 数百次通读此书，她苍白细瘦的指掌已完全熟悉它所有的弧度、体积和质感。眼下它投闲置散，流落在图书馆最幽晦的边缘愤怒地咆哮。姑娘精通目录学、版本学与注释学，深知那些按年代顺序、血缘关系排列的书册将随之胡言乱语，它们激烈而即兴的控诉以及辩驳在黑暗中，在庞大威猛的黑暗中发狂涌溢，仿似一支群龙无首的叛军占领楼层。

跟我们大多数人不同，Y 信奉埃及九柱神，认为我们死后将依靠灵猫去往阴间，站在狗头猿身的冥府书写员托特眼皮底下，把心脏交由他用天平称量，以计算生前的功罪。要认真拿捏供词，姑娘说，因为死者的案卷会呈递给足足四十八位判官，而他们的姓氏名讳务必牢记，他们的指控务必一条一条辩驳否认。与《亡灵之书》讲述的情况相仿，Y 曾多次走过幽暗的地下世界，注视过冥界之王奥西里斯播撒黑夜，还在他宝座旁咿咿呀呀、嗯嗯呃呃唱过歌。

“我们终将跨入白昼，”她说，“像一只只烧焦的凤凰。”

姑娘请我鉴赏她野兽派的自画像。不知什么缘故，她拒绝听取评论，兴许是因为本人不争气的流腔流调很讨厌，兴许是因为姑娘已经洞悉，我喜欢弗拉戈纳尔的色情画，品位粗俗。也好，反正领悟越精深，言词越无力，真正的天启静默不语！她用颜料和彩笔创造的魔幻生物全都活灵活现，集荒怪奇特之大成，令观众头皮发痒，不禁怀疑作者的脑筋不正常。但她兼有科学家的严谨和小说家的夸诞，在一套全新的生命进化逻辑之下，即兴发挥，乱涂乱抹，似乎这些个解构主义的魔虫妖兽确确实实给画家当过模特，然而她不为所动，仍以模糊的笔触、抖晃的线条来处理它们。隔着一层水雾，姑娘耐心观察我另一层水雾之后的近视眼……她感染过所有类型的萨斯，有如惨遭病原体匪帮的轮奸，并因此记忆力衰减，忘掉许多旧事，仅仅保住她纯真无邪的冰肌雪肠。至于我本人，因在隔离区与再隔离区之间数度往返，脑袋已一片荒芜，只剩下最初的童年经历还依稀可寻。怎奈姑娘的遗忘症比我更严重：她甚至不知道自己究竟是谁，不知道自己所找图书的名字。然而，姑娘如潮的哀思下面是一汪冷淡、空寂的湖水，时间对她来说根本没意义，所以她什么也不必担忧。况且，那本百科全书一旦闯入视野，姑娘自信绝不会错过。她分分秒秒活在当下稍纵即逝的美妙瞬间，还一次又一次进入更深的隔离区，困在拥挤不堪的炼狱里仰望新月……恶徒想把她掠走，结局是失魂落魄地领受行刑队攒射。无论如何，不管乐意与否，姑娘会逐渐忘光一切。她身体似杧果，灵魂似奶冻！我一直想把她当作冰淇淋来舔。

“阿尔伯特 · 冯 · 勒柯克的《摩尼教细密画》影印本，”我把装帧精良的图书往 Y 眼前一递，满脸严肃，动作沉稳，“全是宁戎窟的瑰宝级艺术品，无与伦比的虚构。哦，历史的杰作……”

“做爱吧。”姑娘说。

8

繁星在天幕上浮现，开始不停地绘空镂影。或许，凡尘间幸存的恋人正通过它们，给对方传话，彼此安慰？……萨斯令大气层致命而纯净。我和 Y 紧挨一个锈迹斑斑的窗台，不慌不忙缠在一起。晚风吹进室内，卷起万千纸屑。她裙花摆荡，皮肤光滑，恍如高纯度油脂。我们在两重雾气的间隔下互相抚摸，分食一只椽头烧饼。

接下来，除了丑陋的面具之外，姑娘全身上下一丝不挂，好似午夜的烈火。喔唷，美妙的胴体！惹人怜惜的腋下湿疹！无须减肥，更无须增肥，怎不叫我两眼泪汪汪？芳华大好的肌质可媲美凝固的夏季阳光，爱欲流动，连青春的雀斑、创痕、胎记和朱砂痣也神韵非凡……她死死抓住我，像捞到救命稻草，哀伤的脖子难以抑制地牵引其娇躯往后抛去。为换取这销魂一刻，转眼一命呜呼又算得了什么？我握住她强劲的腰肢，把头埋入她胸脯，埋入她依然茂密的乌发，像一个高烧不退的旅人又渴又热，置身于一片无涯无际、长满槿麻的乳白色沼泽，瞎子般到处摸索……喔唷，幸福的花蕾！她躯体有如祭坛，汗毛有如挠痒痒的祭草，让我越来越焦灼，企图加快节奏，贪婪的轻怜重惜令姑娘忍不住直哼哼。但欢慰短暂，夜色已深陷长庚星和启明星的戏法，缺氧令我腰酸背痛，急喘难忍，视野里接连涌现一朵朵紫色大丽菊。紧接着，闪电向神经中枢发动进攻，筋肉渐渐僵死，手脚失去控制，大量流汗使人血液变稠……气衰力竭之际，我脑袋里忽然响起耶稣·便·西拉低沉的声音，这个唠叨鬼反反复复、不顾一切地吟诵两句诗文：“犹如一轮满月！犹如迷雾中之晨星！”我感到大股大股热乎乎的绝望涌入姑娘体内，毫无忌惮地触碰她深沉久远的思忆，却没能激起任何反响，迅速消匿在浓稠、纯黑的意念浆液间。然而欲望仍未消退……我索性甩开鬼脸，甩开鸡脸狗脸，痛吻姑娘全身，不知疲倦地膜拜她躯干的各个省份。喔唷，黄昏夫人，最美的女神哈托尔！奔流的情欲不断增长，形成空洞繁荣，让我仿佛回到十五年前，又仿佛突然变老。据说缠绕在一起的裸体可以超越时光，不受伤害……透过残破的窗框，姑娘赤条条、紧绷绷的上半身仰到大楼外面，我死命抱住她双腿，生怕她被无形的力量拽走，像根鸟毛一样忽忽悠悠飘往远处。在弥天漫地的萤点之中，在昏暗的穹顶下，她翘挺的乳房畅快呼吸，默默向不安的恢宏夜色敬礼。它们上方，无眠的亿万星辰如同癌细胞，组成一轮巨大的电阻符号，匍匐在女天神努特脚下，横卧于苍茫无边的澄明太空……

沉默的维纳斯，你这姿势摆得妙呀！可惜姑娘不让我抚摸她胸前那对肉鸽子，说是太痒，简直无法忍受。

我对这姑娘的全部认识，远不及她搭配一副防毒面具的裸裎之躯更为深刻。萨斯这头疯猪把人拱向精神崩溃，谁管什么爱情不爱情，各顾逃命！……有个思想偏激的散文家写道，在我们一生中，某些日子特别重要，相形之下，漫长的岁月几乎是白活。我跟这位鲜为人知的巨擘一样，厌恨心灵的冲动，宁可要肉体冲动，纯粹的肉体冲动。哦，你们不会懂得，我那烫手的激情，我那发黑的深挚爱意！哦，姑娘的风姿使人欲哭无泪，使人理智尽失，使人拼命要鼓出眼珠，看一看她憔悴的病容，看一看她惨白如纸、似乎揉搓几下就会开裂的身体！……我不禁想象自己是一个垂涎她美貌的无耻恶徒，想象正直的公民们组成处刑队，把我捆在焦黑的柱子上，举枪瞄准，领命发射六颗铅弹。只是我被射穿的一刹那，时间静止了，眼前是天文学家通过射电望远镜、数学家通过高阶方程式才可以看到的奇景……我像一名技艺超群的幻想学大师，将短促一瞬拉伸为无限，闪身晃进某人的小说腹稿。

9

愚人的梦境最为精彩：我们以红黄之间的三百六十种渐变色涂满晴空。而智者阐幽明微，运用枯燥的概念在现实中建造阴郁的九宫八卦阵、卑鄙的学问涡旋、生词术语的廉价杂货铺。近来我经常梦见一大片洪潮，次次均以尿床而告终。那天凌晨，被浓烈的消毒水味熏醒后，我不免想到红裙子姑娘。然而，这轮司空见惯的思维活动并未结出一个半个智慧之果。是时候清扫住所了！……黑漆漆的大仓库内，成吨成吨的废物等待处理，各类应急药物、设备必须检验，防毒面具要及时更新，衣服要清洁，空气要流通并除尘灭菌。我不得不提起开山辟路的干劲，苦筋拔力地拖动小型卷扬机，调试氦氖激光仪，修复频敏变阻器，镇压眼前这些低档货的大造反，凭吸液管和曲颈瓶建立生命体的天赋权威，进而启用珍藏的氯氰菊酯杀虫剂，清理从远古便一直繁育至今的大批蟑螂、臭蝽、蜥蜴、黑斑螯以及毒蜘蛛，最后喷洒从医院偷来的环氧乙烷灭菌剂！可是，那天我早早起床去茅坑拉屎，后半程放了个屁，差点儿崩裂肛门，顿感大事不妙……上午九点，室外浅蓝色的轻雾逐渐消散，我拄着一根硬木拐棍，好似手执降魔杵的病金刚，背起十七个军用水壶咣噹咣噹跑下楼，赶到大门外，守候一天只来一趟的送水车。荒废的道路两旁，韭花、龙爪花、月季花开得格外繁盛。因取水者一日日减少，据传罐车已改成两天来一趟。反正谁也算不准它抵达的时刻。另外，能接到多少水同样颇难确定。如果有一天罐车过而不停，或者干脆不见踪影，没人会感觉惊讶……我一路上留意陌生或熟悉的面孔，抽空拨通一大堆电话号码，联络各色人等，为改动死亡名单做些调查。

关于红裙子，我一闲下来便急忙回忆。我想跟 Y 讲讲一残缺往事，这段怎奈姑娘分不清何为红何为绿，并且把自己的黄疸病和鸡盲症忘得一干二净。

“按外边那伙人的看法，我们早变成孤魂野鬼了。这是一种不治之症……”我对她说，“可是，在隔离区，在众所周知的绝境，死亡还没落到你我头上。本该消逝的生活仍在持续，它仅仅是一抹阴影，将升未升，欲沉不沉……结果我们岂止没玩完，还过得挺不错，依然在透支一段段已经耗尽的死寂年月……秘密全在于时间！”我左手搂住姑娘，右手探入她裙底，“你注意到，钟表在倒转……唉，真正的逆生长啊……”

姑娘已经忘记《本杰明 · 巴顿奇事》那部烂电影，不过，她能够理解我这番省烦从简、饱含真知灼见的醉话。文艺九女神是记忆之神所生，因此，作为染疾者，我在创作方面无任何指望可言，分明是钻冰取火！……有人把天国想象成一座图书馆，我倒宁愿它是青楼妓院。什么理念、主义、哲学，全是骗小孩的低劣伎俩，是意识形态的鸡血鸭毛，是文字游戏的废料垃圾！姑娘的急促喘息令我目空一切……

10

我一度坐在长途客车的顶端逃离灾难，将病毒引发的混乱失序视为无尽的悠闲假期……当时，暗淡的暮云被千万道光柱洞穿，好像一块块黑奶酪。天空仿佛刚刚遭遇过一场泥石流，晚晴东零西落，远景模糊得宛如一张上世纪中叶的老邮票。夕晖把天地间的声响吸收殆尽，让乡野格外安宁。继而阵阵狂风吹掠，发黄的云块聚散不定，充满水汽的碧穹惊现一双火红的幻日，暮光以明暗的间隔，轮辐般碾过平原……千形万状的影子在低空构成一幅嘉靖年间富于幻想色彩的《万国舆图》。那些未标注名字的小岛上滚动着暴烈的岩浆，而炽红喷火的海床其实是天边耀眼的霞晕。赤道将黄昏及其奥秘一剖两半，轮廓鲜明的大陆缓缓漂向南方，打算正式承认黑夜的统治权。然而，文鳞状的乌云仍将最后一次向世人昭示天河的鱼汛。肌肉发达的力天使驾着腓尼基人的快舟，撒播隆隆作响的金网，拖住强壮的苏眉鱼。这群太初之灵硕大的个头和密集的阵形，令捕网受力的经线紧绷不已，随时会完全断开，把暮空撕破……我敢肯定，那一刻，挤满淡蓝色怪鱼的宏伟苍穹下，本人尚未遗忘红裙子的容貌。照理说，姑娘应该很瘦，圆亮的眼睛，站在滚滚流动的人潮之外，恍若一根安静燃烧的火柴。唉，各种细节已经遗失！想不起那究竟是在机场、车站，还是在码头，究竟是在可怕的月台还是在集中营入口处……我仅仅记得：红裙子从裹尸布与面具之间穿过，堪比一朵违逆天时开放的凌霄花，攫住我所有注意力。她绕着废弃建筑的丛林，在乌黑的蟹状云团下追随本人整整一天一夜，只为了告别前脱去面罩，把自己的脸孔深深印到我心底……天知道她不假思索的鲁莽举动是否已令其感染。也许，姑娘之所以这样做，是希望化解我们共同的孤独。孤独！不是此时此地的表面孤独，而是永生永世、无所不包的绝对孤独！实际上我很快遭到遣返，落汤蛤蟆似的回归原点，与她失去联系。

我试过与红裙子昼夜不停聊天，从薄暮冥冥的傍晚聊到河倾月落的黎明。人们说她应当拥有这个，应当拥有那个，姑娘也不时认为是该如此，但又很清楚，归根结底，自己既不需要再获得什么，更不会再失去什么。萨斯一号在她的肺叶留下阴影，萨斯二号在她大脑皮层留下空白。所以我相信，为了让人记住自己的长相，姑娘甘冒失忆的风险……这到底是爱情还是反爱情？总之红裙子想送我一程。深知她性格倔强，劝阻不会奏效，我转而仔细研究逃跑路线，好把姑娘一起弄走。可是，尽管通宵不眠，反复推敲，失准的地图依旧让我们大吃苦头。长街短巷成为废报纸的居所，因无人问津而急剧变形……全凭她灵感的指引，我才躲开一支支巡逻队，绕开一群群哄抢救济物资的男女，逃向不受监控的迢远边境。

11

爱尔兰月亮和条顿森林的猫头鹰都知道，那些开赴东方的威尼斯帆船带回了黑死病。于是一座座嘈杂的城镇，从此化作腐尸和骷髅的日光花园、故事的巢穴乃至神明缺席的铁证。那时候，我们的祖先从长安、洛阳一直往南迁徙，穿越雁断的衡山，来到一片瘴气弥漫的蛮荒地界。这里随处可见芭蕉树、凤凰树、盘根错节的大榕树和一望无际的凄凉河滩……我们的先人把雷公根、车前草、野甘蔗混在一起煮汤喝，成功抵御了热伤风与疟疾，并在广大雨林的边缘繁衍子嗣，春耕夏耘，书写《天方夜谭》续篇。

关于恐怖疫疠的传说我听过很多。将来如果还记得，会整理成简洁的文字，供 Y 阅读。眼下，为了让姑娘尽量活久一些，本人再三拖延自己的故事，宁肯凭空杜撰也拒不结尾……我告诉她，根据一位波兰女诗人的观点，情侣们一见倾心之前，说不定已经无数次彼此错过。这是否可以解释为，机遇仍未准备好变成命运？有时 Y 流泪不止，想到她那本或许在梦里才见过的大书便心如刀绞。我们一层楼一层楼搜索倒塌的书架，犹若泰戈尔笔下找寻点金石的婆罗门……忽然间，我大脑深处涌起一股奇异的幻觉，竟以为姑娘苦苦寻觅的心爱之物不是一部百科全书，而是一张真正的藏宝图，它诡秘的说明采用星芒来编写，并在大河上游突兀地烙下了一个古怪的符号……我激动得发抖。哦，香格里拉！

但是，很抱歉，这是一张以时光为横坐标的地图。因此成败并不取决于我们方向是否正确，而取决于我们走得是否够久……记下这个想法！赶紧写在姑娘的大腿内侧，写在她胸部，写在她心中最隐秘的角落。如今无论是从空间上还是从时间上，连接黑白两个世界的缓冲器已经朽烂了，它粗笨的弹簧因双方的扽扯而悉数绷断！所以不仅仅是道路、街景会戏弄人们，连日子也在玩老鹰抓小鸡……我一只手扪摸姑娘光溜溜的屁股，另一只手翻开一本书，为她朗读芬兰老妇人索尔维格·冯·绍尔茨的诗作。Y软绵绵靠在我肩头，脑袋由于防毒面具而超重，令纤细的脖子不堪重负。她双手冰冷，贴住我身体滑动，只要一碰到骨头她便疼得泪水直涌。

12

夜晚的概率论正加紧演算，好继续跟人们兜圈子，并兑换偶然相遇或久别重逢的运数筹码……

我停止前进，站定，双脚像被两根铁钎牢牢钉在原地，不幸陷进最黑暗死寂的深夜之角。牙齿错位的响声把我吓得直哆嗦。梦魔吹成的肥皂泡四处飘游，碰到反光的窗棂即告破裂，释放出噗噗的尖锐爆鸣……我终于回忆起红裙子的真实身份。茫茫黑夜，如同环形的禁闭室、森然的法场，你那睁眼瞎的地图学该是何其严酷啊！只能反反复复跟自己说话，左脑右脑轮流一问一答，激烈争执。在这狂暴的时光枢纽之中，在这转眼即将坍缩的空间结构之中，秋夜和毒雾已经使逻辑彻底紊乱，物质凭空湮灭为虚无……

13

各种消息纷至沓来：有人说送水车刚开到一半就抛锚了，有人说司机须臾之间染上萨斯，已经魂归极乐。大伙儿一个劲儿自相惊扰。贫乏的青灰色充斥乾坤，万物不分泾渭地涂抹一款过期变质的颜料，连光泽也毫无差异……地势低洼的街区汇成一片广阔的河谷，极其晦暗，粗壮的椴树似乎经历了一轮大火，令整片风景越发显得焦黑。铺满天空的乌云蠢蠢欲动。可以感觉到阳光正在云顶狠命奔踏，却根本没法突破防疫线，冲入凡间。这是一锅全世界阴天的大杂烩，观众不难从中找到各自家乡浓云密布的秋日！……雨迟迟未至，于是大气层泛滥着荒漠感，它比人类和诸神更早遗弃了城市，预先建立起一套听天由命的秩序。

嗖！好似离弦之箭，我一路狂奔，拼死扎进抢水的人堆。外层拎空瓶空桶的男男女女呼喊抗议，内层的既得利益者立即构筑防线，用肥厚的臀部阻挡，用粗大的肘子攻击。满溢的饮用水四处挥洒，闪动着诱人犯罪的光芒……这时候，谁也不会注意到，温暖的晨空仿佛栽满韭黄，并且往地平线不断沉降。天边那未曾受创的遥远村镇、明媚云端，如同昔年片刻的倒流，如同美好岁月的金琥珀，如同一座光阴珍宝馆，持续涌向雄伟的空中之城，它们的序列彩虹般层次分明……在这包罗万象的图卷里，我等所处的现实仅仅是清晰的近景近物，很少有人抬头望一眼那片蜃海的辉煌奇观，对它虚幻缥缈的楚宫吴苑视若无睹。大伙儿紧盯淌水的路面，急躁地冲往源头，彼此毫不避让，将大街划割成一道道无形的河沟。然而在高楼巨厦的阴影下，世人仍可以一窥这座大都市的幽暗全貌。

当初，我与红裙子姑娘一同逃跑，途中撞上成群不法之徒闹哄哄地洗劫一座仓库。街市正遭受沙尘侵袭，城中处处是临时集会。经过两个月的勃发、挥霍和激射，夏天精疲力竭，不再用它灼亮的双手拨弄尘世。众人好像浸泡在稀释无数倍的红糖溶液里。周围建筑物的棱角业已融化，午后的艳阳此刻变为一枚五毛钱硬币，金光迸涌但缺乏成色。库房内摆满球状的凉暗，说不定光是它们就价值连城……然而，为了那些压根儿卖不掉又无法换取净水或食物的智能手机，众抢匪拳脚相见，个个挥汗如雨。以今日情势来看，他们的举动是多么愚蠢！即使渐渐逼近的警笛也没能让他们打住。这伙散兵游勇居然自发协作，用接力的方式搬运货箱。野狗在一旁吠声吠形，猛摇脏兮兮的尾巴胡乱助威。震耳欲聋的电子音乐骤然响彻城区，几架凭空变出来的直升机沿一条半径极大的弧线绕圈，用刺眼的探照灯不停搅动灰蒙蒙的下午……直到最后一刻才真相大白。我们正处于一场革命的核心区域，新文艺的风暴猛烈冲击街巷，政治运动的洪流将席卷全省，世人被淹没之前顶多能冒一两个气泡。我们已经无路可逃，要么死要么遭逮捕，因为那时警力依然充足，能够将骚乱现场八面包围……霰弹、催泪弹以漂亮的入射角飞向人群，全身防护手持电棍的特警开始扫荡。匆忙间，我搬开路边一只井盖。

“快下去！”

你是否已经发现，世间所有黑暗均互相通连，并与夜晚隐秘地衔接？这一领域的动物利用此特性，任意来去，踪迹难寻。浓稠如墨汁的暗物质先是漫过我们的膝盖，继而淹过脖子，令人寸步难行。它们是不是一类浆状的特殊生命，虽然并不想消化入侵者，却要通过延绵的脉搏和万千抚摸，向他们示意，以建立真正的交流？……我俩猫身走在狭窄、潮湿的下水道内，注意避开隐形的幽灵眼。寂静，慢慢收缩成一件紧身衣，使人喘息浑浊。附近回荡着滴水声、老鼠窸窸窣窣的响动、癞蛤蟆的饱嗝、管道不同寻常的震颤、阴魂显影的短暂沸腾，以及远端捉摸不定的杂音……昏暗地界的万籁逐渐填满了整个四通八达的管状空间。应急灯的电力倒还充足，白森森的光圈犹似一枚痴呆的鱼目。到处是滑腻腻的墙壁、悬浮的微生物，脚边流动着远从摩天楼里排泄而出的污水……天啊，我们是在一只巨兽的腹中爬行！沿途偶现的诡谲闪烁，是难以溶解的明亮渣滓，不会完全消逝。这病变的腔道很可能将通往荒郊野林，进入另一座暗殿……我头脑发烫，感到下水道里飘动的轻盈物质宛如气体界的淤泥，说不清它们到底是幻象还是实际存在的东西。所幸，姑娘手心传递的凉意使我镇定下来，集中精神寻找出路……残损的记忆反复申明，那是我与红裙子第一次身体接触。

14

下水道是另一座城市。在它之上叠加着我们居住的城市。一天二十四小时的夜色使它愈发广大无边，方向感全无帮助，分不清东南西北，让人宁愿相信女人的直觉……我们更像两只一维空间的蚂蚁，面对突如其来的岔道手足无措。半路遇见过几个闭合的井盖，可怎么也顶不开。这些饼状的铁疙瘩纹丝不动且不透一点光线，使人甚至怀疑在它们上面根本不是空阔的街道，而是三百米厚的铅层或者足足十亿公斤的玄武岩。每一次希望始终伴随失望！压抑感加重了疲惫。听觉和视觉有些错乱……这时候，红裙子倒比我冷静。不断有老鼠在她鞋跟上撞晕。姑娘尖声大叫，之后又哈哈哈笑个不停。笑声在错综复杂的管道世界里晃晃荡荡，扩展为无数红裙子的无数轮笑声……

抢水的密集人群爆发出一阵绝望的哀号：妈的，水干了！我一无所获，只好返回住处，坐以待毙。太阳已将一切漂白，周遭景物沉浸在一汪乳浆似的空幻光明之中。真希望处刑队赶来维持秩序，把接到水的小杂种老混蛋全数处决，不经审判立即正法！如此一来，他们就不得不闭上狗眼，就不再需要清洁的饮用水，整天疯狗似的争个没完。不妨也把我枪毙，以阻止本人因抢水失败而抱恨衔怨。崩了我吧！前景令人绝望之至，苟且偷生毫无意义！但是，现实并不理睬本人的呼号。没有处刑队，没有警察，没有任何一支派系武装。

无所不在的广播又一次响起："雾墙即将启动…… 曾经感染萨斯十九号病毒并且康复的居民，请在三天内就近到医疗机构登记…… 重复一遍……"我灵光一闪，不再寻死觅活，我把军用水壶的带子扎成一捆，挎在肩头，大步走向空骨架的图书馆，走向空心的失忆姑娘 Y。

15

天寒雨密。Y 继续找她不存在的百科全书，我继续阅读伊本 · 法德兰的旅行报告，并把红裙子的故事写给姑娘。在此之前是做爱。她赤裸全身，遮脸的防毒面具时而呈松花色，时而呈秋葵色，这个惊人的象征主义场景总让我战栗不已……Y 简直可以用性饥渴来形容。如果敞开胸怀，她不会逊色于历史上任何名垂千古的淫娃荡妇！但姑娘老是咯咯咯笑个没完，致使我没情没绪，只剩下贪婪的手指还在她双乳、她脐部的缓坡、她完美的股沟间游走……Y 或许不知道，她正在用该死的沉默将我击垮！很奇怪，无论跑到哪一层楼，迈进哪一间阅览室，走向哪一排书架，我总能看见这个姑娘。她裙衫褴褛，脚穿一双合色鱼嘴鞋，因视力不佳而习惯性地撅起屁股往前凑。我意识到两人的时间正相互分离，裂成幻景。若明若暗的光阴如今流逝得极不平顺，它野性难驯，不断开小差、恶作剧，想用诡计来征服空间，它一母同胎的兄弟…… 屋外的天穹一片昏黑，似乎永无指望转好放晴。全世界的碳素正往下沉淀，处于底部的人间景致越来越模糊不清，城市建筑、湖泊、河道，以及零落的树丛无不融为一体。点亮的街灯，犹如一株株散播明漪的钢铁郁金香，某种陌生的食腐巨蚊围绕每盏喷射橙色焰光的灯泡飞舞，直到自己受热灼烧，变作一团团蓝火的内核并化为灰烬……记述红裙子故事的间歇，我沉迷于埃及学者穆斯塔法·阿巴迪撰写的《亚历山大图书馆兴衰史》。夜里，精美的彩色插画荧荧发光，那位远征至印度的马其顿国王的青铜头像双眼圆睁，忧郁而无辜地久久凝望着阅读者。纵使这一页被匆匆翻过，我和他依然忌惮对方的存在，不必目光接触，彼此已感觉深受威胁，不得不互相恫吓，互相提防……偶尔，亚历山大的虎睛会比平常瞪得更圆，页眉页脚的空白处充满其怒不可遏的低吼。他切齿恼恨的高贵神情，令书里书外的两座殿堂同时波动不已，楼层忽明忽暗。然而我更在乎疯狂的姑娘！Y丧失了意志，竟妄想脱离痛苦的肉体。就算我可以给她讲故事，给她唱歌，给她朝欢暮爱，但还是给不了她希望，因为谁也没法提供自己缺乏的东西。简言之，本人毫无价值！……其实Y并非真没有盼头。我遇到姑娘的最根本意义，全系于告诉她这一点。除此以外仅仅是我一味索求。无论如何，当红裙子的故事讲完，Y定能获救。

现在，我必须加快节奏……时间有限，脑力的衰退越来越甚。既然毁灭生命的雾墙即将启动，既然许多人漂泊在大海上搜寻最后一块陆地，任何抒情或议论皆于事无补。在生死存亡的重大时刻，唯一该做的工作就是叙述，亦即写下自己知道的一切真实！不过，至少有个两三幕是我回忆录里永远看不到的，比如魂魄的灵幻色彩，比如光阴停顿的蛛丝马迹，又比如姑娘情浓之际，溶进本人那透明脑液的缕缕致命芳香……

16

我们之所以最终得救，多亏红裙子的笑声引来一个男人。这只翱翔于下水道迷宫的短趾大百灵，他把污泥当作圣油涂满脸蛋，后颈长了颗砍头疮，却一派魏晋风度，假痴不癫，浑身鱼腥味，无论春夏秋冬总是穿一件浅蓝色浴袍，脚踩一双烂拖鞋，茂盛的腿毛飘垂于两者之间。此人自称鸟王，熟悉整座地下城市的通道网络：什么地方应直走，什么地方应转弯，统统一清二楚……他是狂人集团兼本省匹克球协会的名誉主席，是疯子部落的最新一代老祖，像一尊裂月撑霆的大下巴邪神，背负沉甸甸的先人遗志，要在无意识中完成复国兴邦的传奇伟业。鸟王，你这个隐鳞藏彩的逃脱术大宗师，你这个鼻涕纵横、迟眉钝眼的猥琐小羊倌！不驯良的家牲一贯把臭腚朝向他，拒绝听从他发布的命令，不肯提早迁徙，以避开天降的巨灾大祸……纵然这位仁兄的智力低过一般标准，但丝毫不影响他记住凡尘万象。所以，即便人人都觉得鸟王是个傻蛋呆瓜，我仍坚信，他异乎寻常的表现，源于他对大多数事物的漠不关心。

混乱的城市中，这位英俊男子的绰号成百上千。可是，每个人都只能以特定的词语称呼他，比如我必须叫他鸟王，若叫他小鸡毛或绿头鸭就不会有回应……兴许另一个称呼他鸟王的老熟人，住在另一个省份的另一片隔离区，反正跟我没关系。这老兄从不生病，从未感染萨斯。他不戴防毒面具，至今安然无恙，还因此在胸前挂满奇形怪状的勋章。传闻鸟王拥有近乎无限的记忆力，拥有不受天诛的豁免权……这一刻，他暴突的死鱼眼毫无节制地放射着怜爱与惺惺相惜之情，给我们指路。不少人原以为，这个大傻子必定长命百岁，怎料他终究也没能逃过一劫！不，并非死于萨斯，而是死于偏执、恼火的暴民。五个月后，鸟王碰巧搞到一副防毒面具，欣喜若狂，竟然把它套在屁股上招摇过市。正是这个几近挑衅的举动，惹来一伙深受刺激、彻底发疯的怒汉，玩命追了他十六条街。纵步疾奔的傻子犹如一名领跑狂欢节的扑克牌君主……只可惜，他遇到的敌手是一群轮回再世的雅各宾党徒，更何况这个低智商男子对街道的熟悉程度，远远不及他在地下活动时展现的水准。总而言之，鸟王闹得太过火，没提防勾魂使者早已守候在死胡同尽头。他毙命于一顿乱棍，我们从此阴阳异路。

眼下，鸟王把我和红裙子甩在身后，径自向前。他一路哼唱色情小调，昂首挺胸，犹如复辟的保皇党擎着鸢尾花旗帜走在十九世纪的巴黎街头。我们坚决信赖这一位地底世界的路易十八，不久便从网状下水道的牢狱中成功脱身，抬头望见太阳忽而躲进雾霭，忽而显现它滚圆的身形，尤似一颗硕大的狼眼……但好运也终于到头了，老天爷开始连本带利讨还旧账！突然间，无数奔往下一处奇迹的游民将红裙子冲走，将她卷入巨蟹形状的人潮。这帮乌合之众全无想象力，如同狂扑乱拱的猪群，只会随大流盲动。手执盾牌和短棍的镇暴军警一路穷追不舍，制伏并逮捕大量东滚西爬的男人女人。闪开！畜生！……我还来不及一诉离情别苦，便已连挨十几下棒扫脚踢，头破血流地被丢进囚车。为了不致万念俱灰，我反复念诵两句诗安慰自己：“分离无非是娱乐消遣，是年华的困扰，没有这番痛苦该多么无趣……”透过铁网，我看到远空云柱高耸，在一栋大楼的顶部，有个老男人身背一台笨重的反射式音箱，仿佛身背一口棺材，并且不断播放农业摇滚的欢快噪声，正准备从三十九层一跃而下。此人是个自杀者还是个极限运动家？他衣袂飘逸，恍似歧路徘徊的陶渊明，头上昏黄的苍穹堪比一片拜占庭马赛克图案，涂满变色漆，是其嘭嘭搏动的大脑生成的装饰性幻觉。围观的市民久久不见他采取行动，便索然俱散。这时候天幕陡然裂开，宛若一张撕破的帆布，更深远的星际结构暴露无遗，耀目的银光如末日征兆般让人胆寒……我从旅行包里掏出一副双筒望远镜，想瞧个明白，岂料车厢内最壮实的汉子却将它一把抢走。外边，夕阳像一名逃票的歌迷不慎从楼顶跌落，大滴大滴的金焰残留在高楼各层的玻璃窗表面。周围嗡嗡作响，密集的呼吸使空气浑浊，使人思维迟钝，手脚发麻，五官歪斜……不远处浓烟滚滚，消防车却朝反方向疾驰。天黑后，立交桥下方，遍挂人体的汽车一辆接一辆径直驶往城郊，令目击者无端想起鲁本斯的名作《阿玛戎之战》。没错，天地八极眨眼间已变成这位佛兰德斯画家的恢宏展厅！我们头顶是《圣保罗的皈依》里陡然闪现的强烈光芒，似乎置身于巨匠笔下硝烟弥漫的古战场，并且看到《战神玛尔斯与瑞亚·西尔维亚》劫掠女人的野蛮景象，在许多街角一次又一次上演……

我没进公安局，没坐上审讯椅。防暴特警不久便放空他们的移动囚笼，将众多被捕者轰走，再径自离开。于是我不停游荡，随波逐流，直到发现身边的浑浩人流既不想涌向城外，也不想去其他任何地方。目送这支缺少灵魂的大军消失于重重复复的拐角，我顺着一条笔直的街道往郊区前进……沿途遇到数不清的拒马、人群、车队和多雾的沉沉夜色，还路过一家灯火通明的妇产医院。临盆的女人在里面呻吟、呼喊，没工夫投入这场晚间的大骚乱。生完小孩，她们筋疲力尽，又极为满足，像一朵朵安闲绽放的昙花。凌晨时分，北极星如烧如焚，天神正在将自己溃烂的伤口浸入浑浑苍苍的黑暗中一遍遍濯洗……我晕头涨脑，拼死挤上一辆大客车，并借着地平线的微光，不断从一个车顶奋勇跳向另一个车顶。它们要么趴满了人，要么塞满了破铜废铁，只有少数空荡无物，然而，除非万不得已，我不会跳过去：这类车子腾起黑烟，筛子般遍布大大小小的弹孔，能够把人脚掌撕烂。处处是乱离多阻的逃难景象。惊惶的人们七跌八撞，有如在一场酷烈的梦幻中投身无比宏大的哑剧巡演。氪灯白里透紫的光芒像是这个骚乱之夜的铆钉……天亮时，我总算找到一辆还能开动的货柜车。它很卖命，穿越茫茫黑夜的封锁线，挣扎着杀向破晓。跟在一整晚伤兽的泣血哀鸣之后，清晨特殊的宁静统治了半睡半醒的尘世两分钟。引擎声甚至会不可思议地减弱。阳光的第一道冲击波尚未抵达，大地还企图重新阖上它昏暗的眼皮，再多睡几秒。

我盘腿坐在车顶，迎着掺杂了汽油芬芳的晨晓凉风，梳理枯硬的头发。公路两旁是开满原野的星状繁花，或是整片整片望不到边的向日葵……

那个礼拜六，汽车从东方未明一直驶入傍晚。朦朦胧胧的天庭大门朝地面投下柱影，在虚空中徐徐关闭，神灵居住的金色世界自此与现实不再相连。

17

我再没有见过红裙子。即使掏钱打探她下落，也毫无效果……姑娘告诉朋友们，她认为自己会像个诗人一样，丧命于深邃无边的大海，尸身在暴风雨和雷霆下熊熊燃烧。据我所知，这个死法红裙子无望享有：归根到底她害怕孤独。诚然，姑娘总在强调人山人海的寂静，再三表明自己不可能依靠千佛万众来克服恐慌，不过她仍会另辟蹊径，以躲避孤独的无情戕害，比方说，找个同病相怜的家伙彼此安抚。

可是红裙子已经与我永远分离！那一刻，她脱去防毒面具，摘下头套，仿佛完全静止，恍如冻住的火焰，眼睛闪着金萱草的光芒。我失焦的瞳孔忽小忽大，视野一片模糊。千百张人脸组成的屏障是一类超智能的存在物，纵使拼上老命也休想冲开，反而将导致你被狂潮湮没……如今我对警察无缘无故的拘捕已不存半分怨恨，更不指望他们会帮忙寻找红裙子。那天晚上，我乘坐的客车与坦克狭路相逢。巨硕的钢铁怪兽土头土脑，发动机隆隆作响。平民的车队不得不慢速倒退。自始至终，装甲长龙之中看不到一个人影，大概操纵者全是些幽灵。坦克部队毫不迟疑地向前推进，撞倒一棵又一棵圆锥形丝柏，碾碎过诸多事物的履带不停啮咬路面……关键时刻，运猪车似的大巴忽然死火，乘客们一边嚷嚷一边从车门车窗往外逃命。它很快被撞翻，滚进路旁的大水沟。我爬上另一辆客车，已不敢奢望能够逃脱，于是专心想念红裙子，揣摩她奇妙的命定论以及我狂妄自大的蠢笨。

18

萨斯十九是路西法的长子：它文质彬彬，慢条斯理，收割掳掠的人命却最多。Y 也曾被它感染，可她依旧活在世间。类似于以往的十八次经历，姑娘又一次挺了过来。除非所有人都已走上黄泉路，除非下一次是魔君本人降临，否则 Y 不会死去。

如果你坐在车顶，连夜逃离噩梦，身旁掠过异常明亮的浮景，是否也将忍不住想到光辉灿烂的未来？彤云浓厚，状若千千万万只铜狮子相互堆叠。大风已君临平原上方，接连不断抛下各式各样的清新意象，让人们急不可待地摘掉防毒面具，深深吸进第一口或最后一口自由……如今，尽管事穷势迫，我仍要把这光辉灿烂的未来告诉 Y，让她知道自己会像撑过大洪水的生还者一样，可以活到九百岁。姑娘，你正是无数份绝望中诞生的希望，好比无数张赝画伪画中隐藏的真迹，好比由来已久的神秘培植！……她必须去医院报到，入选方舟计划，作为全人类凤毛麟角的健康种子而得以保留。这些幸运儿住在一个世外桃源深处，同万物隔绝，直到多如沙数的萨斯病毒群消灭殆尽。据说，那是一座永存不死的沙灰色恒温城，层层防守极其严密，位于墨西哥尤卡坦半岛的希克苏鲁伯陨石坑附近。入选者大多与 Y 相似，经受过最为残酷的洗脑，记忆全失，根本不知哀痛为何物，每天能喝到一两口黑豆汤便十分满足……

在一册《布哈拉历史》末章的空白处，我潦草写下最后几行字：红裙子是个极端矛盾的女人，孤独刺伤她，又让她迷恋，放纵是她悲观的圣果，爱情是她幻想的魔胎，假如有天堂她一定选择地狱。

19

广播再次响起，街市上空警报声涨落荡漾，万千云朵逃逸如鳖群。

“你快走，”我越来越头脑沉重，越来越口齿不清，满嘴唾液从唇角滴落下来，好似溪水叮咚，“去医院……雾墙启动了……”唉，让图书馆、城市、文明和我自己，还有那个肺穿孔的老上帝，跟萨斯同归于尽吧！“会找到百科全书……”那本该死的大部头！“要告诉他们，你隔离过十九次，去过鬼门关十九趟……”来吧，剧毒的烂蘑菇！来吧，烦人的臭狗屎！“灵魂是一面镜子，是一只酒桶，是一段旋律，但灵魂总还是灵魂……好，我发誓，活下去……”

讨厌的生离死别！不过，红裙子远没有完蛋……她跟天堂地狱都不沾边，跟要人命的混编版百科全书不沾边……至少我是这样告诉怀里哭哭啼啼的姑娘，好让她高兴。“现在，把名字写我手背上……”来吧，河豚之王！……来吧，金环蛇巨头！“别掉眼泪，拎上这壶水，涂上防蚊液……”我靠着墙角，似乎看到炮兵在装填弹药，似乎听到机械神魔的震撼脚步声，闻到蟾蜍的腥味……来吧，狼蛛！临死的亢奋使我涕泗横流。“记住，别回来……会找到书，会找到……”可恶的知识宝库，看看你把可爱的姑娘坑害至何等地步？为什么不教教她荒野求生的学问？“雾墙一退，我立即动身……再见！……”

如果你发自内心、彻彻底底爱上另一个人，那么，肯定会产生无比牢固的信任、无穷的力量，乃至无可置疑的安全感……灭顶之灾！城市陷入空前的大雾……我们似已升天，或者天已整个儿塌下来，把一切深浅、远近、生死的区别抹匀……必须防范野狗，贪狠的野狗，猛喷涎沫的疯狂野狗，以免沦为它们的鲜肉晚餐……呸！想得倒美！……这伙令人作呕的魔畜！……应该用满屋子乱堆乱放的《故宫珍本丛刊》和《宋版古籍佚存书录》堵死房门，尽快爬进大铁柜，将自己反锁……姑娘丢下她仿如梦魇的画作，动身前往避难所……那些原本极度狰狞的怪物眼下充满了人性，神情安详、温顺而愉悦，像在怜悯凡人生命的变幻无常……它们的轮廓已束缚不住其体内庞大无匹、反复激荡的力量……暗影袭来！……周围的物体均在漂移，色彩愈发黯淡，犹如遭致烟霾的散射，纷纷融入无限透明的高远天空，无从辨识……来呀，大蝎子，龌龊的蜥蜴！……来呀，黑芹菜……鬼芦荟根！你还没得逞……你这卑劣的蠢货……贱坯……孬种……老瘟鸡！别以为本人神志不清！我还可以怒斥你……还可以再一次、最后一次诅咒你……大搞破坏！……我还可以确认，今天Y依然穿着罂粟花似的红裙子，哪怕它已严重褪色，变成一块脏抹布……与所有记忆和所有事件一样，无可挽回地褪色，被你玷污！没错……那道超凡的彩虹在我强迫遗忘症的内心是如此清晰，就像一团把残渣焚尽的烈焰……就像镀金的昨天，就像我庸俗生命的光荣凯旋，就像从没展露过的、辉煌灿烂的未来……爱如同死之坚强！……甜美的负荷！……甜美的镣铐枷锁！……可鄙的小偷，你休想夺走！……身体和灵魂开始发热，眼前的景物遮上层层细麻……我摘下面具，享受无尽眩晕，并对自己说：倒霉，萨斯来了……

2003年，2013年

夜　轮

世界就是一只大船，航程没有终点。

——赫尔曼·麦尔维尔

1

夜轮显形那晚，新月高悬夜空，黑乎乎的强大寒潮侵袭着无边城市，向灾难性的低气压和纬圈环流发起叛乱倒戈的进攻。兴许这条岁末停火线一旦崩溃，老态龙钟的季节之神一旦败亡，永恒春天的香艳肌体将毫无保留地袒露在众生面前。于是，读者诸君反而会看到，好比鲜嫩饱满的红梅花凌冬绽放，好比傲霜欺雪的北极鸮振翅扑向旅鼠，好比汗如雨下的绝代佳人抬腿跨进桑拿小浴桶，我们将以历史蒙太奇的华丽跳步，陡然跃入一个闻所未闻、见所未见、光怪陆离的世界新纪元。

虫缓缓掀开窗帘一角，望着宿舍楼前被狂风吹得东倒西歪的白蜡树，低声咒骂了一句，旋即缩回他臭烘烘的狗窝。此后不久，大海的熟悉气息便闯入他荒奇的现实。舍友们翻来覆去，躲藏在拥挤的黑甜乡里放屁或者说英语。残梦的明灭此起彼伏。屋外，就连最遥远的无名火光，也被澄凝的夜暗所浸透，发散着戈壁的意韵形象，遍布寒冰的斧痕鞭影。冻僵的梦魔每眨动一下眼皮，万千物象就披上一层黑纱，比前一秒钟更难以辨认，更诡异斑驳。糟糕天气并不妨碍无数车辆在凌晨的大街上穿梭，在舌头般又长又亮的立交桥上急驰而过。天边偶尔传来一两声低沉的爆炸，有如僵硬的巨兽在灯盏与雾霾交错的辽阔夜色之中轰然委地。

虫下定决心，无论如何，今晚要与失眠症拼个鱼死网破。狭窄的房间内堆满百无一用的书籍、穿烂的脏鞋臭袜，以及大大小小积压年月的忠实塑料箱。虫忍住咳嗽，戴好耳塞，用一块长方形的紫色灯芯绒蒙住眼睛，竭力想象自己是一个躺在墓穴里生蛆的死人。然而，布块营造的黑夜，这虚幻国度的另一个黑夜，仍旧是神奔鬼荡的喧腾黑夜。经过连续多天的挣扎，虫已十分清楚，在意志所不能征服的诸多事物当中，急性失眠症毫无疑问与女人等量齐观。此刻冬夜隆隆，仿佛是一名谈锋雄健的大城主，慷慨招待孤苦的老香客，搬来数不清的阴暗财富将其笼络收买，不停拨动巨大的算盘珠子记账，为人们指引璀璨似银河的都市群灯、奢侈的迷魂阵、声色犬马的楼阁，还有供奉强势新神明的东方琉璃塔。深宵的大风——那位黑龙王肆意捏造的无形生命，积聚为浮空奔荡的湍流，演化为充溢北国的清新气旋，它们忽远忽近，将密集的货柜运往高不可攀的电离层，用以兑换月光银币。三个星期前，虫的小同乡龙梦博走进图书馆，至今没有再迈出大门一步，即使他不幸患上金色葡萄球菌引发的脓毒症，患上触目惊心的大疱性表皮松解症，仍死性不改。从此一个奇怪偏执的念头令虫失眠了：龙梦博正在变成一棵树，一棵会走路的臭椿。

那阵子，校园一片狂热。罢餐！这史无前例的运动，这划时代的盛大嘉年华，它任性的造反思想，猛烈灼烧着每一颗年轻而饥饿的灵魂。黄昏时分，阴影在直挺挺的银白旗杆上飞速窜动，散播它深沉的寂寥。虫和小源整天混迹于各式餐馆，像两只不合群的豺狗到处觅食。他们留着短发，瘦骨嶙峋，面有菜色，几乎承受不住离经叛道的梦想那极其残酷的蹂躏。虫是一名花式桌球高手，颧骨又凸又硬，相貌与四年前没有任何区别。年轻人在大学混过日子的唯一标志，乃是他紧紧闭合的香肠嘴，连反动集团的刑棍也休想把它撬开。四年间，没人看见虫有过疾言怒色。这个满身血痣、满脸痘瘢的小伙子独异于众，耗费大量精神力来修持静默，虽自幼钻研《八段锦》《夜练形意拳》《灵空上人点穴功法》等武学秘籍，练习八卦掌多年，但从未跟谁动手比画过，他空怀千招万式却毫无实战经验，反说内家功夫的精义乃是强身健脑，并非以力压人。虫经常在三更半夜朝花荫树影挥拳，同气流英勇搏斗，有人说他正是德国浪漫派宗师创造的那匹荒原狼，要用雪水来浇灌燃烧的咽喉，梦想着狍子、灰兔、旱獭，以及诸如此类胆怯而很难理解的野生小动物。至于那个更其违世绝俗的怪家伙，虫最为记挂的小同乡龙梦博，往后一直潜蛰在学校图书馆幽深广大的地下室里，整天吃败毒菜和金针花为生，而阅览室外头那株繁茂、粗壮、遍体疙瘩的老国槐，俨然是他不离不弃的爱侣。如今，每当龙梦博放下保萨尼亚斯或者约瑟·本·马赛厄斯的古奥著作，头昏体闷地走到窗边，抬眼张望，不时能瞧见他本人正倚树读诗。槐叶的云烟里，枝头簌簌地落下谷川俊太郎的散页与聂鲁达的歌集，名词、动词和形容词将他完全覆盖。老树在它自己涨满汁液的梦中则是一只飞鸟。我们这些庸人无暇去搞懂龙梦博那隐遁孤独的生活，那晦涩玄奥的英雄主义。他扑动难看且臭不可闻的翅膀，巨鸟般翱翔于一间又一间空寂的藏书室，掉落一两根杂色羽毛，然后返回原地，继续伏案读书、写作。传说老龙之所以离群索居，源于他对无知懒散的深深厌恶，还有对根本原则毫不妥协的坚持到底。龙梦博告诫朋友绝不可怀安丧志。最终，他近乎炫耀地脱离俗世，如愿以偿地埋在数以万计的卷册之中，埋在一堆符号之中，探究凡人不可能领悟的一切学问知识。

没人把老龙的诺言放在心上。我们知道，他快变成一棵树了。

其实，每次给龙梦博送吃送穿，朋友们总是发现，他比以往更近似一棵树。老龙好像雌雄同株的罗汉柏，或者木质坚硬的刺楸，挂满一团团乌蝇般发亮的紫浆果，那张瘦猴脸密布网格纹，泛着树皮的棕褐色。他巩膜发黄，两颗眼珠子几乎不转动，潮湿的地气使之脑透奇香，脚覆青苔，进而引来一群不停飞舞的马大头——学名巨圆臀大蜓——它们以龙梦博的躯体充当据点，凶残地扑杀图书馆内所有体形较小的昆虫。阅览室浓稠如松节油的空气里，还游荡着亿万尘螨大军，遵循布鲁塞尔分类法布置的书架上，积满健忘的层层暗喻。因常年翻弄书页，龙梦博的手指像树枝一样又黑又硬。我们注视着这家伙脖子周围悬铃木似的白斑，渐渐神不守舍，甚至能听见光阴狂奔而过的蹄音。有时候，我们站在老龙身边，看他从一排书架走向另一排书架，宛如在月球上漫步，不免要提醒自己，那全是图书馆精怪的卑劣障眼术。然而一想到夜深人静时，龙梦博如鬣蜥在阅览室漆黑的天花板迅猛爬过，上楼下楼，想到他那双肥大的棉拖鞋啪嗒啪嗒直响，我们沉甸甸的心脏便怦怦乱跳。唉，天晓得老龙在想什么。他一会儿推开尽是灰土的破窗户，好让甜似蜜糖的阳光涌进来，将浓郁的幽暗短暂稀释，给墙角盖上奇形异状的金色图章，一会儿又把它们关得严严实实，生怕滚滚红尘的喧嚣湮没这圣殿的腐朽宁寂。

万物皆在改变！现实正以惊人的高速和致密相互堆积，颇像一枚满布繁星的大果冻。尽管颇难描述，无从记载，它确为一片取之不尽用之不竭的黄金矿，可供千百位魔术师一同挥霍……那些日子里，虫在深夜不停折腾，不住叹息。为了驯服失眠这匹野马，他无所不用其极，尝试过各种手段方法。通宵看沉闷的文学集子，强迫自己读黑格尔艰深的《小逻辑》，尝试冬泳、召妓、摊煎饼、信耶稣、踩高跷……某天凌晨，小伙子疲倦之至，感到整个床架被自己沉重的脉搏撼动，当初的理想抱负终于在这一刻冰消瓦解。他渴望逃脱幻灭的虚无感，遁到旁人无法企及的空间，避免自己大脑的化学结构崩溃……眼下，他躺在畸形梦境重重围困的床铺上，耳朵里不断响起一首熟悉的通俗情歌，它岂止难听得要死，更像阎王催命。天际已逐渐发白，温暖、炫目的曙光即将漫过地平线。

“狗屎！”

这是他闻到大海的腥味之际、天亮之前所想到的最后一个字眼。

那晚，虫在失眠症的魔爪下徒然抗争，而他苦形劳神的好友、头顶生疮两眼充血的小源却不顾困倦，蹲在厕所里读一本胡利奥·科塔萨尔的访谈录。他左半边屁股比右半边屁股更怕冷，他盗窃犯的心魂无论是醒是睡，永无安宁之时。因鼻炎相当严重，他没有闻到虫所说的海藻味。想要写作的小源在学校一待多年，被厕所的污浊恶臭一熏多年，因此他身上隐约有一股尿馊味。如同塞利纳笔下的主人公，他总是憋不住屎，总是行色匆匆，他一天两回在食堂内消磨斗志，并且一趟趟跑向粪坑，风风火火地排泄。跟别人一样，小源遭遇过一次风疹、一次脱臼，流过好几次鼻血。跟别人一样，他每学期去校医院体检一回，照例脱一回裤子，当着一个秃顶老头的面光着腚转圈。作为一名财务人员的优秀子嗣，小源早在娘胎里就天天听到并熟记珠算口诀，可是会计这门课程仍令他深为愁惧，更导致他在自习室坐得太久而不幸长出痔疮。

第二天晌午，从落满面包渣的梦中醒来，小源脸孔浮肿，感觉脑袋里装了几百斤破铜烂铁。房间充斥一股硬盘的烧焦味。那是全天最宝贵的幸福辰光，因为他多灾多难的鼻子唯有此时才通畅片刻。四肢仿佛已脱离身体。头大如斗的年轻人躺着一动不动，无比专注地凝视粘在自己手心的死蟑螂。这只瘪塌塌的蜚蠊目虫子也许是他昨晚拍扁的。过了好一会儿，小源的两条腿才从深度的麻木中逐步复活过来，重新成为他身体的一部分。他缓缓扣好棋盘格衬衫，再吃力地穿上又厚又脏的毛皮鞋，套上毛衣，最后，瘦棱棱的小源披上一件油光可鉴的破棉袄。

洗厕所的斜眼老大娘怨气冲天。她扯开喉咙，嘶哑的怒骂声澎湃激荡，淹没楼层。

“谁又往粪坑里扔避孕套？……缺德玩意儿，四眼龟孙子！你们到底是拉屎还是拉石头？……花钱改善改善伙食，补点儿油水……硬成这个德行，当心肛裂！……”

明暗交织的走廊散落着玻璃碎片，那是昨晚两个正直读书人互殴造成的惨淡现场。其中一位是个久孤于世的史学天才，他体态如熊，长年醉心于钩玄猎秘，独力创办一份研究五铢钱的报纸，可惜订阅者至今只有主编自己一人。小源建议他研究汉代贵族的性事，但他以学术上无懈可击的理由拒绝了。另一位其貌不扬，眉眼颇似秦始皇的兵马俑，讲话流腔流调，却纵火焚烧过一所学校，幸好那仅仅是一座没建成的仓库，所以他并未受审获刑，锒铛入狱。老实说，这两人小源都极为敬佩。然而昨天夜里，正是他俩扭打在一块儿，结果双双头破血流，还用方言和番话互相辱骂不休，说对方是疯狗、猪猡、粪蛆，是全校头号大白痴，是给系主任吮痈舐痔的超级马屁精，总之极尽尖刻不一而足。

屋外仍在飘雪。鼓动罢餐的宣传页静静躺在结了一层薄冰的污水中央，跟一些菜渣臭鱼彼此仇恨地默默共处。天晴后，房顶的珠灰色闪光组成粼粼波浪，花样繁多的幻象使城市湿气腾腾，似乎有个不知底细的庞然大物正隐匿其间，等待现形。

“虫通宵没睡，大清早就去看他老乡龙梦博啦。”

然而小源并不知道，虫被一首不死鸟般循环播放的烂歌折磨，彻夜无眠。在眼罩所缔造的虚假黑暗中，他胀大如浮尸，不禁想起龙梦博。据说他这位钟爱冥想的老乡受到流涎症困扰，整天唾液涌泛，难以止息。

“老龙一晚上淌的口水，足够他自己洗脸喽。”

大雪断断续续下了一礼拜，世界变幻成一场黑白照片的恢宏巡展，纵深镜头抓拍的奇异全景好似迢迢天国。走在通往图书馆的小路上，虫满脑子尽是龙梦博以津涎洗面的诡怪情景。晚间的降雪既没有加重也没有减轻年轻人的忧虑。四下静谧，这表明来自两广和海南岛的一年级新生已平复心情，终于对天然固态水失去兴趣。身材高大的篮球队员排成一列，俨如十几座移动的麦垛，软绵绵地晃向他们急需的餐厅小灶，为体能剧烈消耗的清晨训练收尾。运送旧书的叉车在雪地里压出深黑的辙印。每年这时节，必有忘乎所以的傻瓜冻成肺炎，收获一纸潦草的诊断书，躺在可怕的校医院没完没了挂吊瓶。实际上积雪很快就使人厌倦。它们错落地堆在路旁，整个冬季都不融化，越来越脏，越来越硬，好像一坨坨巨大的黑鼻屎。上午九点零五分，距图书馆不足三十米处，虫碰到与他同属一个学院的师妹童娜。此刻，这位奇情异致、素来行踪飘忽的漂亮姑娘，满身是牛肉包子的气味。她春天让虫魂不守舍，秋天使之备受摧残，自暴自弃，到年尾索性颓落为一潭死水。他本人深知，只要一句话、一个眼神，或一个手势，他就会毫不迟疑追随她，全心全意投入爱情的极乐天堂。然而，日子一天天过去，他可耻的愿望总是落空。

遇见童娜，虫昏昏沉沉的脑袋转眼间变得格外清醒。

“早上好。”龙梦博的难题立即退居末席，他僵直的形象近乎透明，有如无形的空气。

“你好，老黑鱼！”姑娘瞟了年轻人一眼，瓮声瓮气应道。

虫最初认识童娜，缘于她跑来找龙梦博讨论一个至为深奥的象征神学问题。先前，我们的啃书狂人给姑娘推荐过一本《地狱的历史》当作消遣读物。谁知其中有个故事很是费解，令她日夜头疼：为什么莉莉丝看不上亚当算是泼天的罪过？学贯中西的龙梦博自认为无力作答，因此把姑娘推给虫去应付，请他务必以伟岸、粗大的实践理性来寻求正解，好让师妹心悦诚服。这一记让贤式移交既是兄弟情深的铁证，又是年轻人精神衰弱的最主要原因，从此他失眠的泡沫里全是童娜幻化的大量小白兔。众所周知，姑娘吃菜包子肉包子是为了赶时间上课。她天生丽质、助长邪念的脸蛋儿在年轻人灵魂内核引起一阵阵痉挛，使之活像发伪誓的假药贩子，亢奋症猛然加剧，非常痛苦。有一次姑娘请教他，男人百分之九十包皮过长，进化论者或神创论者该怎样解释？尖锐的提问并没把虫难倒。他回答说，假如参考精子的正常比率，你也许就不会大惊小怪了。姑娘好一阵子没转过弯来，随即又对他流畅自然的负面思考方式感到吃惊。童娜平日嗓音甜腻，额头上附了一层茸毛，坚定的锁骨下端是极其耐寒并隆起的胸部。夏天她喜欢赤脚，穿短裤，从不吝于向我们展示撩人的欢乐。她难以揣度的目光惯于越过你肩膀投往远处。童娜生就一种独断专行的作风，平白无故将各式各样奇怪的名字送给别人，例如她把小源叫作“牛皮糖”或“痴肉团”，把虫叫作“老黑鱼”，把他们的舍友“呼噜王”改称“黄花菜”。即使是最刻薄、最不留情面的挖苦，在虫听来也无异于赞扬。当然，不消说，童娜人缘挺糟糕。这个神经兮兮的姑娘确实长得美，所以总不乏自视甚高的傻瓜要打她主意。怎奈她说话一向直来直去，至今保留着部落时代的勇武精神，这又吓跑了不少假正经的大笨蛋。半年前，有个数学系师兄为童娜创作过一首专业性很强的情诗，贴在她宿舍楼旁边的告示板上。

数学研究生的情诗

当我用拉普拉斯定理，把你展开……
哦，才从那发狂的广义积分中收敛
才从元函数的深渊中拾起我离散的灵魂！

沿泰勒级数我走向星群
试图做命运的回归分析
可时间依然连续、平滑

好似无懈可击的自然对数！

生活在一个非线性方程的囚笼里
我受困于无数变量、待定因子
等候空虚的矩阵前来降幂……

而你，亲爱的童妮娅·洛碧达
伟大的基米多维奇作证
你就是我所求的、唯一的非零解！

波伊修斯说得好，不懂数学，便不可能掌握一丁点儿关于万事万物的神圣知识。但童娜偏偏反其道而行之，向无知大踏步前进。听课时，她永远傻乎乎地神游太虚，魂飞九天，永远坐在第一排邻窗那个万人注目、独享殊荣的位置上发呆发愣。姑娘病态的苍白让我们联想到吸血鬼、疯人院，心头特别不是滋味。然而她无愧为贫乏世界里天赐的一枚彩色糖果。明媚晴朗的白昼，夏神奄奄一息，持续往水烟深险处摸索。风元素一天天聚积，初秋的阳光穿透白桦的重重遮掩，映出它们辐射状的浓绿，并把千万支金色箭矢投向穿圆摆伞裙的姑娘，照亮她脸庞。大小炽斑组成的复杂图纹轻轻颤动，像是寄生菌，又像是魔鬼契约的印章。虫感叹童娜好比一颗臭豆腐，充满难言的诱惑。其实他心目中姑娘的体香足以夺人性命。无论是她在白雪皑皑的球场上慢跑的天真神情，还是初夏她苗条、强健、光溜溜的双腿，均使他兴奋难抑。只可惜虫热烈的思恋从未得到姑娘回应。虫为此意志消沉，随随便便，邋邋遢遢。

眼下，虫正要前往图书馆探望老乡龙梦博。昨晚的怪事令他迷惑不解，幻觉连绵。路旁白蜡树的枝杈上挂着个烂编织袋，犹如一具死尸，也不反光既不摆动。雪从后半夜一直下到现在，城市进化成一座白色森林。艺术系的学生们忙碌了整个上午，用积雪夯成一座结实的小山包，随后又将其雕成一只五指叉开的巨掌，正对宿舍楼，好像要把它推倒。有个老眼昏花、鼎鼎大名的图书管理员讲过：世间的事物都很神秘，只不过某些事物比其余事物更神秘。若流言果真应验，拥挤的所谓大学公寓终将变作一艘巨轮，众人起码不会无聊至死。昨晚虫赌咒发誓说，千真万确，他闻到了大海的气息，而“呼噜王”原本以为那只是隔夜方便面和破袜子的混合臭味。虽然这座城市位处内陆，但虫以灵敏似海豹的嗅觉向大伙儿保证，他不会弄错。这一点，无论是我，还是优哉游哉的死胖子“呼噜王”，或是长得挺像乡村版马龙·白兰度的“电影人”均不敢妄议。虫出生于海边，他在滩涂上跟伙伴们挖黄泥螺，在潮汐的涨落之中寂寞地长大，面对多雨的南方海岸性幻想而发育成熟。

读大学之前，虫住在海滨小镇，向往无尽迥远的首都。他凭空想象那里居住着大批海豚般温柔，或狗鱼般凶悍的摩登女郎。这个小男孩在海边吃饭睡觉，在海边撒尿拉屎，在海边玩耍嬉戏，在海边忍受腮腺炎的病痛煎熬。黎明时分，大人们赶着灰蒙蒙的天光和湿冷的雾气解缆出海，老头子老太太前去妈祖庙烧香磕头，尚未成年的虫则躺在离防波堤不远的小小屋舍内，浓睡正酣，梦见无边无际的大海。他在单调乏味的海边度过了一天又一天，一月又一月，一年又一年，他青春期的鹅卵色天空布满小船和渔网，布满招潮蟹和千百双脚板制造的杂乱沙痕。所以，虫能够检测一个人泪液里大海的成分浓度，这一点毋庸置疑。

关于宿舍楼即将蜕化成轮船的传闻，我们敢说，与罢餐的小道消息一样，不出半节课时间便会传开。教学楼内彼此拥挤的男男女女必定把它当成一则该死的售楼广告，进而打心眼儿里鄙夷不屑。危若累卵的夜间，各色丑陋的新物种陆续涌现，这些奇特、捣蛋的生灵是某个科学怪人的僭越之作，是他对造物主变态而违法的模仿。但直到几个月后，宿舍楼的神异转化才正式告终，在夜幕下被茫无涯际的海水包围。

2

“梦月大象号”邮轮，在波涛起伏的大洋上航行。浩瀚星空下，它好像一只蚕蛹，通身散发温柔的白光。信风带着一股咸味，横掠整片海域，不断发下水阔天宽的多重暗示。暴雨骤来骤去，已将铺满上层甲板的垃圾果皮冲个精光。远处的荒岛荧蓝灼目，游客们搞不清它究竟是上浮的巨龟，还是一堆电子废弃物，或者仅仅是光线营造的视觉效果。洋面朝东北方向倾斜，大船似乎正逆流而上，穿破云雾，驶往载浮载沉的半月形天界。此时此刻，我那位头戴罗蒂尔布帽的朋友，极限滑雪大师、业余抛接杂要员、神话地理学巨匠、狗屁不通的九流思想家、传奇旅行者刘一眃，正站在空荡荡的开阔船首，手扶锈迹斑驳的铁栏杆观摩海族迁徙。这一晚，数十万只乳光枪乌贼在浅水中闪闪烁烁，极其壮观。它们发射的冷芒阴焰，如悄无声息的惊雷，穿过一片虚寂，扑到他脸上跳跃不已，又如点点鬼火啮咬着船舷地板。男人本来与一千七百多年前那个匈奴皇帝刘渊同名同姓，然而，全球的职业猎手——他们把“寻找加拉伊布海”当作接头暗号——无不非常清楚：混迹于恶魔之间必须使用假名，方可免遭奴役。刘一眃其实是三保太监的英灵附体，要在大海上追溯穆斯林祖先的伟绩，爬回朝思暮念的精神子宫。他心灵深处坐着个沉思的光屁股巨人，温情脉脉地彻夜瞪视那欲望的鬼怪，那乖戾的瘟星。他又像一位日本平安时代的邪神，将引导我跨入千载难逢的奇幻之夜。

太阳已黯淡多时，却仍死皮赖脸地悬浮在比宽阔洋面高一线的虚空处，久久不愿下沉。谁也不知道刘一眃为何把目光投往天边，或许是在磨炼其隐秘透视法的恐怖精确度。他向来沉默少语，认为言多伤行，大吹牛皮是贫乏虚弱的表征。男人左脸有块星形伤疤，是很久以前在危地马拉留下的。灾祸起源于这个国家的著名故事《夜间怪兽之传说》。百余年来，它令一个又一个读者受到诅咒，接连走火入魔。刘一眃，恰如某位诗艺大师所说，乃是道路的聚集，始终毫不停歇地奔往世界尽头。事实上，他身为时光的愁旅，总在迈向年月的纵深区域，刺穿它平庸无奇的厚瓜皮，挖取它珍异多汁的鲜瓜瓤。男人跟或古旧或新颖的许多事物打过交道，见过婴孩的诞生，又一度与死者为邻，流浪于阴阳两界。他无数次在旅途的夜晚观望星空，继而走进拂晓的陌生街巷，身体焕然一新。如今，旅行者一脸裂纹，疲惫不堪，脑袋塞进了天地间各种声音和形象。在他打过许多补丁、反复缝合的记忆拼图里，破晓时野马奔逃，正午的列车横穿荒漠，傍晚城市的铁流使穹宇震动，星球自旋的齿轮迸发嘎嘎嘎的刺耳响声，铰链之神为凡尘施展自己粗哑的歌喉，此外，潮汐低吟，风暴怒吼，乃至寂静的轰鸣，万籁交汇，足以使人发疯发狂，不顾命运的阻挠奋力把自己抛向远方。

我深感羞惭，因为言辞无力，文字空洞，很难复述刘一眊的玄妙旅程。男人仍在使用萨非王朝的黄铜星盘。他穿梭于违背数学原理、物理法则的畸异时空，为我逐个展示魔盒内瑰幻稀奇的宝贝。镶配黑黏土的苏拉里徽章圆盘是珍贵的皇家礼物；镀银的螺壳高脚杯可以防毒；用蚕丝和羊毛织造的尼德兰独角兽桌毯，代表昔年海盗的光荣战绩；硬砂岩镌刻的阿赛特之子、猎鹰之神荷鲁斯，能让持有者变成飞鸟；七弦琴的青铜公牛头装饰，来自五千年前繁盛的美索不达米亚平原，它装嵌的天青石会激发灵感，驱走疾疫。每逢最诡秘的夜晚，他钟爱的私藏才向我开放。它们是布哈拉学者卡兹维尼撰写的《创世的奇迹》和波斯人沙哈马尔丹·伊本·拉孜编纂的《娱乐之书》的散佚手稿，那一页页以透明水彩描绘并涂抹金粉的插图令我着迷，画里的公狮子漫步在万花丛中，其身影多次闯入我险恶的黑梦……旅行者把一个用埃及雪花石膏雕成的河马头送给我，说它是阿蒙霍特普三世法老的信物，是历代赏金猎人的身价证明。昏暗、凌乱的房间内，我还看到黎明女神彩绘陶盆、亚述帝国的闪长岩蛙形砝码，以及八爪鱼图案的迈锡尼水罐……如果刘一昹说他洗劫过大都会艺术博物馆，我肯定深信不疑。

大海是另一片广阔天空，处于另一个陌生维度。油污、声呐、拖网的共同作用使之荒芜死寂。那几夜，我正在阅读《航行于七大洋的船舶》。姗姗来迟的春季明显发育迟缓。它像颗老树果，先天不足，以至于万物的复苏如此软弱乏力。大海如同一个脾气暴躁的巨婴，老邮轮恍若开在玛雅太阴历那不存在的第十九个月份里，难得遇到一两次肯塞特笔下风平浪静的黄昏。五天前，身高过人、四肢发达的大副通知全体乘客，导航系统出了问题，维修需要一个星期，其间为保证安全，不得不降低航速。他权力仅次于船长，特殊时期可断人生死，犹如屠宰场的顶级守卫。真不愧为威风凛凛的三角眼大副，说古老法罗语的丹麦铁汉，趾高气扬！水手们对他又恨又怕，没人比他更得乘客恭维，更受姑娘青睐，只有亲王的贴身男仆能与之媲美……反正，大伙儿虽难掩忧色，但并不认为“梦月大象号”是艘破船，也不认为自己会因为天灾人祸而葬身海底。

这艘满员五千六百人、实际乘客远多于此数目的老邮轮，属于一个享誉寰宇的希腊船王家族。据说其姓氏因为太出名，以致谁都不必记住。从上世纪冷战结束至今，“梦月大象号”年年拖着又深又宽的船迹，环绕我们的梨形地球开上好几圈，在各大洋点亮航灯。它停靠多国的港湾码头，迎接诸路旅行家、公海娼妓、骗子、疯汉、赌徒、恋物狂、朝圣者、税务难民、温州商贩、江洋大盗、攥着自助游指南的年轻情侣，外加伊朗霍梅尼革命政权造就的海上流亡部族。老邮轮的独特船名，涉及一个自以为是大象的男人做过的一场梦，来龙去脉已无从知晓。据一部绝版多年的船舶大辞典介绍，似乎船东的种植园曾在月黑之夜遭到狡猾象群的洗劫。巨轮的船长，跟所有大家伙的最高指挥官一样，是个经验丰富的白胡子老头。并且，跟所有经验丰富的航海家一样，我们的船长是个独眼龙。跟所有用一只眼睛观察潮汐的独眼龙船长一样，老头子从未结婚。他逃脱了女人营建的金色牢笼，惬意地叼着海柳烟斗，与一条因年迈而日渐迟钝的拉布拉多犬相依为命。

旅行者和一个印度男人同住一间客房。老旧的舱壁黄如尿色，垫了湖蓝色织毯，配以肉色花纹，全部空间只够容纳一位相扑选手。袖珍的山毛榉床头柜里贮存着蟑螂卵。无论何时从圆形的舷窗往外窥望，除了无边无际的海水，你什么也瞧不见。那名印度人自称曼尼普尔邦的通灵者、苦修士兼魔术师贾南德拉博士，发表过几篇比较民俗学论文，会吐火，会玩蛇，会骑独轮车，庞杂的行李当中甚至还包括一头牛。他迷信三和九这两个数字，并且像贺拉斯那样把晚餐的话题限定于文艺、哲学、幸福与美德，却从不谈论宗教信仰。贾南德能时刻感觉到香神乾达婆萦绕四周，因此绝不许任何意外的状况，阻断仙气在房间乃至在全宇宙的循环奔流。他本人的魂识随之涨潮落潮，不断调息内视，遏抑诸根，尽销情欲、怒瞋及畏怖，以趋近恒久解脱。印度人天天在重复一场神圣的活动：牵着他的公牛到上层甲板散步。薄暮时分，圆硕的夕阳在水天之际挣扎坠落，又宽又深的伤口不住地迸射熔浆，与它灿烂辉煌的宝座一起缓缓沉入大海。赤道附近的黄昏壮丽得令人窒息，火云如残兵败将遍布苍穹。遥远的岛屿上，矗立着垃圾画派的惨白灯塔，向阳处披着橙色烈焰，周围是燃烧的海洋，盛满珍珠的富饶海洋。印度男子和那头块然一物的圣牛，在光芒万丈的霞彩下方沐浴，在一只亮闪闪的宏大洗脸盆里深饮。这一人一畜相伴而行，既安闲又舒适，既一同仰望神主修筑的金宫，又各自沉思无穷的果报、无惧的彼岸，还有千界万世的牢固根基。男人一天两次用冰凉的湿毛巾为公牛擦洗，使之清爽洁净，好让这头体重近一吨的食草动物继续充任生命智慧的象征……放风，如此简单的仪式是何等庄严迷人啊。贾南德拉博士手拈一朵青莲花，他称之为优钵罗，有时在阴阳反转的清晨，有时在满天星辰的夜晚，有时圣牛边走边反刍，有时这畜生又摇身一变，成为资深的食蜜者，不过它最爱咀嚼的东西是颠茄草，以维持自己神秘的从容。“牛行亦行，牛息亦息……”极少数乘客说，贾南德拉博士通晓钵波摩尼咒文，此人及其宠物正在修炼婆罗门教的密乘密法。另一些浅薄无知的家伙批评说这分明是效仿康德。他们登船的地点为果阿港。那座海滨城市虽已不复殖民时代的风韵，但它热情而阴险的层层莺色幻景，从首批荷兰冒险家抵达之初便一直保留至今。印度人贾南德拉爱清洁，天不亮便诵经拜忏，要把无形的祭品献给太阳神沙维特力，偶尔献给恩惠女神阿努摩蒂，然后开始摆弄他老洋葱似的灰麻缠头，往棉布白袍上洒玫瑰水，往脖子上扑撒婴儿爽身粉。刘一既这名室友是个颇有涵养的雅利安男子，那些蹲在街头拉屎的印度小贩无法与之相提并论。他日日向旅行者问好，入睡前从不忘记祷告。邮轮从南亚次大陆驶往东非海岸期间，刘一既除了观星之外无事可做，经常梦见一个秉烛夜游的小姑娘。晚穹至为明净，天球各处分布着粲然无匹的星砂、星旋、星波、星网和令人惊叹的庞大星峦。昼间，当他回到客舱呼呼大睡，露天甲板上人多得根本没法落脚，船舷附近徘徊着想死的文艺青年。住三等舱的乘客支开躺椅，随处乘凉，乱扔瓜子果皮，只等狂风暴雨将它们冲入灰茫茫的大海，不留任何痕迹。如遇迷雾，上层甲板更显宽广，仿佛会自行复制，扇形边缘趋于消失。它跟一座小镇广场很类似。你能看到各色男女来来往往，他们的命数清晰印在脸上，他们的闲言碎语则毫无意义。

驶入南半球，氛围陡然一转。闷热，无聊，丧失信念。炽烈的炎光如金蛇到处游动，邮轮渐渐偏离文明的主航路，逾越常理的咸度腐蚀着乘客们本已极低的道德水准。那个艳名四播的年轻寡妇、风情万种的女人无疑是大伙儿最好的饭余谈资。套用法国十八世纪一位著名命定论者的说法，刘一既与埃兰的相遇相识，连同老邮轮后来发生的变乱、昏睡病的蔓延，以及冰山似的巨型海虱在浓雾中浮出水面，这一切无不是夹在上帝胳肢窝下面的那本大书原已写好的。

当时，我尚未夜游大船，世界这个臃肿的病号仍在光阴之河里沉浮漂流，还没卷入匪夷所思的时空旋涡，还未曾被骚动而异彩纷呈的永夜围困。然而天意弄人，不是冤家不聚首。那天傍晚六点钟，冲完冷水澡的旅行者无所事事，走至船舷，看见有个姑娘长了一双罗刹女的眼睛和恰到好处的鼻子，身穿夜合花似的宽松白衬衫、洗旧的浅色牛仔裤，依傍栏杆，正站在离他几米开外的地方观赏飞鱼。两人眼前这群变异生物嘴巴奇阔，体表五彩斑斓，粗糙不堪，乃是一伙死而不僵的败类、食物链的疯狂破坏者，吞下货轮倾泻的废料之后便胡乱进化，样子不伦不类，个头竟大到令人作呕。它们一路产卵，不停蜕故孳新，号称海皇波塞冬的敢死队，勇猛而笨拙，能将洋流毒化，是攻无不克的奴隶军团，是横行亿万年的海中霸王的权宜替代物，更有不少完全瞎了眼睛，既无沙丁鱼的紧密队形，更无金枪鱼杀手的精明合作，但活力殊为惊人，全然是一伙逆天违理的亡灵水怪，使我们怀疑其体内会否真存在生命之火。因欠缺乏平衡感，它们滑翔的丑态可笑至极，总是跌跌撞撞地落向水面，砸出一个个转瞬即逝的圆坑。此情此景，犹如一部黑暗版安徒生童话，让刘一眎身旁的埃兰忍不住尖叫连连，而旅行者意味深长的笑容一闪即逝。女人的帆布鞋破旧得不成样子，与她立足其间的船舷格调颇吻合。老邮轮又古朴又敞亮的木质地板已褪色多年，近半个世纪的人来人往将它磨得非常光滑，那些乘客大多早就谢世了，但他们的残影仍川流不息，在过道上重复往日的典雅。船舷旁固定着一排老式座椅，每隔几米还放置了两张桃木折叠桌。要判定此类风格的准确年代很困难。它们简直不算是船舷走廊，更像是一座欧洲古堡的大阳台，是用圣书记载的科林托金属锻造的方舟构件，处处挂满岁月的隐形勋章。

当晚，在船尾的某条舷梯前，刘一眐第二次遇见埃兰。我们的女主角变戏法般换了一条纯黑的鱼尾裙，白皙的长腿忽隐忽现，复古尖跟凉鞋以扑朔迷离的手法系好，使她看上去比旅行者个子更高。女人胸口戴着一小朵含苞欲放的金盏菊，实际上它是钙铝榴石制成的。她满头浓密的乌丝似与夜色相连，眉角一抹檀晕，通体散发着孔雀昙的异馥。刘一眐觉得他眼中的女子正与时光同步走动，周遭的旅客纷纷凝立，被烟雾笼罩，虚化为她身外可有可无的背景。那一刻海面布满玄异的螺旋纹，乌云滚涌如梦幻泡影。暮春初夏，晚空由绵延的极光划割，她或许在等候什么人前来相会，凉飕飕的空气吻遍她裸露的皮肤，然而刘一眐并没有意识到，这名娇艳少妇正是早先在他身边观赏丑陋飞鱼的女郎。她指间夹着一支细长的贝色香烟，如同夹着塑造她苗条身段的剔透魔法棒，使其优雅的举手投足仿佛脱胎于某部电影的分镜头剧本，仿佛摄像机就埋伏在隐蔽之处，让人不敢轻易从旁走过……旅客们大多知道，埃兰一直广受议论和垂涎。有些人称赞她姿色非凡，不愧为妙龄驰誉的交际花，只跟影视明星或省长以上的大员睡觉。而另一派好事之徒驳斥说，这女人不是什么高等娼妓、身价昂贵的玩物，实乃一位富家千金，目前正由那个伤疤脸男保镖陪着环球旅行，不过，姑娘的真实身份应该是发誓保持童贞的处女祭司，她从伊兹密尔港登船，必须日夜守护凡人看不见的圣器，并把自己当成一只老肥羊摆上供桌。无论如何，大部分乘客认为，埃兰确实是一名肉体和灵魂的多面手，是一朵催命的夜来香，她与刘一眆相识多年，两人假装偶遇，企图在邮轮上联袂搞一场吸金大骗局。入夜以后，她变得更为娇美，活脱脱是下凡的嫦娥，是让维纳斯妒忌的公主普绪克，是淫荡无耻的水蛇腰女王，是花神节跳裸舞的轻佻庸妇。负责乘客登记的船员证实，埃兰正在守寡。这一点埃兰本人其实从未承认，当然也从未否认。不仅如此，有个满脑子悲观主义的阿根廷老寡妇对大伙说，寡妇能够毫不费劲地彼此相认，毕竟她们是被上帝关进同一个牢笼的囚徒。这位老太太嗜饮龙胆酒，服过很多年刑狱，因为她把昏睡的丈夫像一头猪那样宰掉了。老寡妇深情的自我辩护令法官大为动容，终获假释。

“全是扯谎行骗的奸贼，没一个好东西！”她脏话连篇，眼珠子骨碌骨碌直转，有如枯木逢春，“男人一肚子坏水，他们天生是下流坯，自私自利的混蛋，黑心烂肠，从嘴巴到屁眼，不得好死……”

埃兰步入酒吧，美妙的脊背线条令男人们神魂颠倒。几个痴汉四处追逐她，不循礼节不顾颜面地向她求爱；有位衣饰光鲜、极富魅力的大律师频频向她示好；随船献艺的男低音演唱家在晚会上为她引吭高歌；昨天一名重度抑郁症患者为她打消自杀的念头；今天一个快活的葡萄牙水手为她跳海。据传，“梦月大象号”的大副昏头涨脑地为这个风骚娘儿们坠入爱河，导航系统的所谓故障不过是他手段低劣的鬼把戏、狗熊耍赖的小伎俩，以尽量拖延抵岸时间，好利用混沌紊乱的日子将她占有。事实上，罢工正在酝酿，盛传是船员们暗中破坏仪器设备，如果工会的正当要求得不到满足，老邮轮将没完没了地航行下去，驶过麦哲伦海峡，驶向船舶坟场百慕大三角，直到令人惊骇的深波巨浪将它彻底吞没。

胡猜妄测全无意义。像那些身穿燕尾服、在闷热的夜晚大汗淋漓而面不改色的绅士一样，旅行者彬彬有礼地对腰肢轻盈的少妇说：

“晚上好。”

使人丧失理智的死亡彗星划破天穹，大风令海水澎湃汹涌。埃兰那海豚似的奇异目光扫来，刘一昕立刻感受到她眉梢眼角的韵致，危险而无可抵挡。她把一切放进自己的凝视之中。但女人清脆的笑声令男人如触荆棘，手足无措，不得不从她身旁默默走开。接下去的十几年里，他闯遍世界的角角落落，探访过更多奇山异水，越来越少梦见她，越来越少想起她，而这个女人仍是他此生无法治愈的疾病。很久以后，他在漫天流尘下，在一座总计三千万居民的拥挤大城市中与她重逢，却没能将如此简单的问候语再说一遍。旅行者刘一昕从此息交绝游，撤入荒凉的瀛波庄园隐居。他知道，自己半辈子不断赶路，不断出发，终于抵达今生今世的最后一站。

第二天，整夜不息的劲风稍稍减弱，可这不过是一个强大的热带风暴正在逼近的征兆。午睡过后，骄阳当空，许多巨大的翻车鲀在海面上随波漂游。老邮轮恍似开入一座茫无边际的玻璃温室，客舱变为烘箱，诸多物体、事宜、思想如奶冻般悄然化开。绚烂阳光给人们抹上一层又一层厚厚的糖浆，乘船的男女老幼纷纷披挂一身甜蜜的黄金盔铠，彼此投掷微笑的标枪，抛射灼热、空泛、不痛不痒的寒暄问候。刘一眖走进餐厅，随即听到各种各样关于航程与浪子荡妇的讨论，以及飘来荡去的西贝柳斯钢琴曲。空置的小圆桌上摆放着一枝枝半枯萎的石竹花，周围是一些缺乏时代感的科林斯立柱。又湿又闷的天气使乘客们烦躁不安，食欲不振。阴暗处挤满谣言传播者。女侍者换上短裙，露出毫无廉耻的吊袜带。她们俯身抹台擦凳的动作令众多男士无法承受，燥热欲狂，饮食部经理更是为此几近疯癫。大海平静得让人心慌，如同被一个巨灵神悄悄捧在手里，已跟尘世的其他区域断开了联系。暴风前奏期，烈日把铁板烤得滚烫。人们浑身汗腻，昏昏欲睡，脸庞挂着半梦半醒的酱色笑容，双脚被谗言佞语的藤条缠住，举步维艰。餐厅内外全是跑来享受冷气的男男女女。美食美酒的诱人香味在他们头顶飘荡，激起强烈的口腹之欲，致使餐厅再三膨胀收缩。尽管存粮充足，冰镇的牡蛎、鹅肝仍然匮乏，价格已高到令人咋舌。没过多久，信号旗开始猎猎飘拂，向窗外张望的乘客们会看见一片波动的原野，从海天交界处涌来滚滚浓云，可怕的形状酷似一朵硕大无朋的黑蘑菇。

服务员端来两杯鸡尾酒。旁边有人在谈论梦见自己是一头猛犸象，继而惟妙惟肖地模仿史前巨兽的叫声，描绘他如何抡开健硕的四足在冰原上奔驰。我拿起杯子，闻到一股海草味。据说女人是不可理喻的生物，其魂魄来自月球背面。那个浓雾弥漫的夜晚，遇到埃兰，我没能等到她半句回复。

“苦涼苦涼的。”女人自创了一个形容词，以描述她冷酒入肠的复杂感受，“这杯东西叫什么？”

“阿伯拉尔致爱洛伊丝。”我答道。

黄豆大小的雨滴从高空落下，并夹杂冰雹。空气立即变凉爽。刘一眐慢条斯理地嚼咽着饭菜，面无表情，专心致志。埃兰在他身旁坐下来，诉说凌晨的诸般异象，男人也一直没什么反应。餐桌上摆着冷盘荔枝螺、烧兔肉、乌鱼蛋汤和一盘油亮亮的烤韭菜。我无牵无挂的朋友不会相信，正是这个女人，这个爱吃紫罗兰糖的大眼睛女人，将结束他闯荡六合八荒的流浪家生涯。他到处找她，到处扑空，痴心不改……此刻，话题正围绕某个似乎遥不可及的中心盘旋。为表明自己并非胡搅蛮缠，更未喝醉，埃兰认认真真告诉旅行者，她发觉四周的船客越来越奇怪，不是因为别的，仅仅是因为邮轮的乘员有时会突然增多。

“我没开玩笑。”女人说。

刘一眐七次横渡太平洋，十四次绕过好望角，二十八次穿越巴拿马运河，见过大海最壮丽的景色，见过世上最稀奇古怪的习俗。他在几内亚湾身染疟疾，在巴塔哥尼亚高原冻坏脚趾，在贝鲁特的集市被绑架，在北极欣赏过子夜的太阳，拯救过雪盲症发作的游客。在非洲腹地，旅行者遇到一伙歌以咏志的土著人，他们掏空一棵老树，像填柿饼似的把死者塞进去，再用河底的烂泥封住裂缝，防止淫威大发的日神将其夺走。在阿尔卑斯山南麓，雪崩几乎让他变成冻尸，但他终归捡回一条命；在火奴鲁鲁，几个金灿灿的好姑娘对他温柔备至，他活了下来；在青藏高原，盗猎者莫名其妙地追赶他两天两夜，可他再次逃过一劫；在马来西亚雨林，他受到兰花螳螂的围攻；在越南，他离开闹市区一家娼寮后惨遭西贡人下蛊，撞晕鸡似的满城乱奔乱闯，转眼又生龙活虎。他硬实、劲瘦的腿肚子布满储存记忆的毛细血管，认得千千万万条道路，熟悉前世今生的所有漫游。与三十年代一位服食致幻剂的画家观点相近，刘一昶认为一百万道风景中有九十九万九千九百九十九道不好看。然而，这艘邮轮上流传的灵异故事，我见多识广的朋友无法解释。如今，坐在埃兰对面，刘一昶不断抽击自己的粗浅辩证法的铁陀螺，准备无条件相信她讲述的任何事情。那几个白天，位于顶层的游艺厅格外喧闹，六七十只来历不明的金刚鹦鹉，包括大绿金刚鹦鹉、绯红金刚鹦鹉和紫蓝金刚鹦鹉，居然在一只凤头鹦鹉的统领下，将澳大利亚的矮岩鸠击溃，跟一群更其诡诞的帝企鹅激烈交锋，搞得到处是鸟毛以及黏糊糊的血迹。旁观者要辨别不同阵营的迅疾侦察兵、强壮百夫长甚至老迈的雄性参议员，并不怎么困难。等到贼鸥和信天翁也投入争霸大战，此地便彻底沦为名副其实的羽族竞技场。

关于“梦月大象号”晚间的种种变化，惊惶的船客在酒吧、餐厅和赌场里七嘴八舌议论不休。无形的力量已使理性精神低头认输，成为暗夜女魔的裙下之臣。依照印度人贾南德拉的观点，巨轮的秘密隔舱内满载搭错船的罗辛亚族偷渡者，他们一入夜便装妖作怪，溜到外头盗取食物，黎明前又消隐无踪。而一位古板的老太太说，乘客们看到的不过是些亡魂的影像，这伙凄惨的男女经历了灭顶海难，死都不得安宁，以至于整夜悲号。另一名老先生，齿落舌钝、声望崇高的文献学教授反驳道，将海市蜃楼当成什么精灵水怪是纯粹胡扯。又有目击者称，船上神出鬼没的异物既非妖魔，亦非残存的人像，实为一群猥琐的猿猴。或惊悚或庸俗的各类见解里，有位业余天文学家更推测，海洋实质上是一个莫比乌斯环，而大船堪比一个黑洞，把世界不停掩入其中，并阻断内外联系。这一假设最强有力的论据是：邮轮上所有的通信器材，无一幸免全部失灵。已经不可能再沿着大圆航线前进，而选择等角航线会导致行船的方向持续偏移，长此以往，“梦月大象号”将一头撞入南极。为摆脱困境，刘一皖不得不用嘴巴叼着星盘的系绳，整天测量太阳的高度来反复定位。

恐慌悄然蔓延，老船长银亮的白胡子在涌动，他下令查明原因，指派大副调集人手，二副负责实施，三副重点保护为数不多的太太小姐。然而一到半夜，众人便又一次无可避免地陷入思维停滞、神志恍惚的境况，他们形同一个个敞口的米袋子，连意识也属于这场混乱所影响的对象，属于这轮玄妙转化的隐秘一分子。沉沉黑夜安静得让乘客心慌，只有潮音能够证明，集合了各人命运的大船依然在无边无际的灰暗海域里航行。众多身穿竖条纹浴衣的妖怪四处巡游。那些绵长、空洞的哐哐声，绞盘吃劲的嘎嘎声，使人彻夜无眠。客轮大约正悬浮于虚空中，通过远超我们理解的高维度，闪电般飞掠特立尼达、巴巴多斯、圣卢西亚海峡。不少人看到一艘灯火通明的英吉利双桅纵帆船，它顺风而行，开辟新航线以挑战西班牙帝国的霸权。还有人看到铁锈斑斑的“阿芙乐尔号”巡洋舰飘在半空，炮声隆隆地发动全球革命，朝邮轮打出劝降的旗语，如果拿望远镜仔细观察，甚至可以瞧见它表面覆满绿石鳖和加利福尼亚红石鳖。深夜的迷离之间，乘客们感觉自己变为另一群人，跟许许多多陌生脸孔挤在一块儿，既痛苦又激动。第二天谈起夜里接连发生的奇事，大伙儿都觉得那是他们共同经历、身不由己且极其逼真的一场噩梦。此后老邮轮一头扎进超级风暴之中，所有怪象顺理成章地归咎于晕船。但通信故障仍未排除，天气一天比一天恶劣，船上处处是强风大雨带来的水母和贝壳，这一切连同每位乘客各自要应付的难题，竟一度转移了众人的注意力，使他们逐渐对夜间的景象处变不惊，习以为常，乃至视而不见了。船上掀起一次宗教狂热前，大伙儿没再讨论海啸或美貌少妇之外的任何话题。

埃兰和旅行者的交谈断断续续，从午睡的漫长时光一直延续到天色向晚。与她原先的揣测相反，刘一眖依旧恪守历代探险家确立的老信条，即远征探险必须伴随商业成功。但他并不透露自己的计划。因暴雨连绵，贾南德拉没能让公牛去上层甲板散步，便改在餐厅开展他逐日例行的神圣活动。阿根廷老寡妇熟读博尔赫斯，引用大作家的诗句评论印度博士说：“冥想是一种黎明的语言。”岂料服务员听不懂他以静默表达的愿望，阻止他牵着牲口进门。贾南德拉以曼尼普尔语、阿萨姆语厉声念诵谁也听不懂的诅咒，向天帝释迦提婆求援，向众神之母阿底提申诉，他唾沫狂喷，两臂狂舞，眼睛发绿，高贵先祖的威严形象投射到男子身上，似要催动无始无明的摩耶之轮，将所有挡路的家伙卷入当中，磨成齑粉才肯罢休。几分钟后，公牛得以安安稳稳站在刘一眠附近，气定神闲地咀嚼浅蓝色餐巾和桌布。外边是前所未有的滂沱大雨，凡间一片轰响，连方位都产生了不可逆转的混乱。大海正在宣读一份冗长的死刑判决书。而天空如此昏暗，既不像白昼，也不像夜晚，兴许下完这场雨，陆地就将消失，幸存者的家园仅剩下零零星星的孤岛和漂浮的各式船舶舰艇。

时光在暴雨中寸步难移。不可见的巨手将它搓成一条条麻花，撕成碎片，洗扑克牌似的任意排列、分发。不少人一命归阴，更多人复生还阳。万象之钟的齿轮逐一崩坏，老天爷不得不整宿熬夜，埋头修理，暂且用他湿答答的布兜包住三界九地。聊天结束时，埃兰的话音转为轻柔。

“还有一件事，”穿无袖连衫裙的女人叹道，“你很机灵，是头野兽……”

旅行者并不想同她空谈三天三夜。当晚，雨势毫无减弱之兆，男人敲开埃兰的双层房门，步入她众所注目的软香巢。他们游遍船头船尾，走过人迹罕至的首尖舱、危机四伏的锚链舱、静悄悄的轮机舱以及黑咕隆咚的压载舱，往昔病入膏肓的水手总是藏进底舱的某个角落，有如临终的老象，死后很久才被找到。他俩避开吵闹不休的大众，用身体钻木取火，漂亮的乳房抵住坚实的肋部，荧光般点燃，熄灭，再点燃，再熄灭，最终变作两块炽炭，烧得通红，烫得冒烟。情欲湍涌的战场上，男人也许更渴望胜利，但女人才是永恒的胜利者，女人才是永恒的鲜花，满足女人乃是男人永恒的义务。她们精力充沛，活力四射，不啻为治疗厌世症的良药，好比一艘轻捷的快艇，让咬住不放的男性疲于奔命。他们在时间巨瞳的盯视下欢爱。而刘一眈发现，埃兰也在他身下瞪大双眼，神色惊异，似乎正目睹一桩难以理解、骇人听闻的荒唐事。他大概不知道，性爱是一座悬空桥，女人借此走向她和他灵魂的最深处，去拨弄那儿生长的奇花异果，把它们移入营养不良的现实。快感如潮之际，男人支在一道明亮、恐怖的鸿沟巨壑上歇息，以为自己无所不能，而女人像是一条承载他身体的欢腾河流，并在他肩头留下一道火辣辣的咬痕，作为爱情法庭的呈堂证供。又冰冷又粗粝的黑暗一颗一颗布满周遭，组成挨挨挤挤的沉默观众，它们兴致勃勃，伸脖探爪，在半球形的剧场里互相吞噬，又不停分裂生殖……

夜空如深渊倒置，怒雷播下圣艾尔摩之火。大自然残暴不仁的本性展露无遗。这是一片太古时代的海水，无涯无岸，滚烫浑浊。九级狂浪撞击着船体，好似敲锣擂鼓，更似大魔王轻轻拍打世人赖以偷生的外壳。头等舱内，脱毛膏、敛汗粉与除尘剂的氤氲香味凝悬于天花板下方，富豪阶层的妇人因炎热而月经失调，没精打采地倚枕阅读罗斯玛丽·多布森的诗集，或者奥维德的《爱经》，或者婆蹉衍那大师的同名作，再或者，要么躺到黑丝绒垫子上干呕不止，要么坐在华贵的梳妆台前一个劲儿悲泣、喘息。历来踌躇满志的男子汉同样神思涣散，郁郁不欢，任人宰割之感给予他们迎头痛击，把他们最后一点点遣愁索笑的意愿驱散殆尽。下层散舱又是另一番情景。楼梯、走廊、房间堆满的废物垃圾，随船身横摇纵晃而不住滑动。为了让时间之球滚向山顶，胡闹成性的大众聚到一起，在乌烟瘴气的公共场所赌博、饮酒、殴斗、哭喊，在昏暗的过道调情，整夜玩角斗游戏，不惜一死来追求刺激，好将空虚无聊拒于门外。此时此刻，在老邮轮底部，在沉寂的货舱内，旅行者脊背冰凉，极致的快乐使他大脑一片空白。

后半夜，云散雨歇。邮轮仿佛须臾之间已驶离原来的天地。月亮又大又圆，海面波光闪闪，找不到一丝一毫暴风雨肆虐的痕迹。临近拂晓，我告别埃兰，转眼在走廊遇见那名大学生，昧暗从他体内渗入舱壁，再流向夜空。小伙子精神松弛，睡眼惺忪，话音好像被一块玻璃阻隔过。他平日眼圈乌黑，总爱走神，而一到深宵狂想症就发作。

“与现实相比，”年轻人说，“梦幻的层次更深。”

他长久蹲在粪坑上读书，直到两腿发麻，导致肛门生痔。冰冻三尺非一日之寒啊！夜间，我这位朋友拽着裤腰，提着应急灯上厕所。他泪流满面，讲述自己的导师，某个死于心梗的七尺大汉，生前热衷写些碍眼的异文鄙事。年轻人问我，用他眼睛观看，用他耳朵倾听，用他嘴巴说话的家伙到底是谁？当启明星在天边露面时，小伙子匆匆离开，他来无踪去无影，始终瞧不清模样。

这一晚我获悉，天天做梦的旅行者刘一朊，已向埃兰表达他无比灿烂的爱情。在梦中，他手持砍刀来到埃尔多拉多，那个丛林最深秘之处的黄金国，终因天花而毁灭的乌托邦。埃兰是雄踞一方的大酋长宠爱的小女儿，名字长达两百页。她沉重的手环脚环、屁股上系挂的腰链、大腿两侧的吊袜扣、足底细长的鞋跟，无不以纯金打制，甚至脖子上绦旋般拴住她自由命脉的透明细索，也是用千锤百炼的幻影赤金做成。刘一眊望着夜色笼罩的海面，鬼怪似的抹香鲸在不远处喷射水柱。有一回，旅行者看到这群阴郁的哺乳动物，对我说：

“黄金国是死人才去的地方。”

3

宿舍楼与大海原本是两条异面直线，既不相交，也不平行。它周围是一片建筑工地。夜幕降临之际，充满电能的冬雷在世界边缘大规模酝酿，身披防护网、尚未盖好的高楼猛然变黑，灌浆机奋力给它们注入发育的质料，起重机挥动长长的手臂迫使它们无性繁殖。这种不具任何特色的数量扩张，这种自我复制的欲望，像一股浊暗洪流，横贯城市的大街小巷。新形成的地图倒映在旋转、震颤的无垠天空，把残星斜月全都赶跑。常见的情形是，大铁锤敲击巨桶与钢板的声音昼夜不息，侵入我们的意识及梦境。刺耳的摩擦声和切割声、发动机的嘶吼、搅拌机忧郁的呜咽、云端那位胡子拉碴的神祇给时间叽叽嘎嘎拧发条的声音，汇聚一处，熔于一炉。夜晚正如一条封闭而漆黑的死胡同。多年前，这座校园空旷寂寞，附近不是菜田就是杂芜遍布的小荒丘。学生无论男女，差不多总是一个土里土气的发型，穿一身土里土气的衣服，神情严肃，脑袋满满的崇高信念。他们早晨拎一张小板凳，到操场上聆听学术宗师的清谈雅论，狂风刮起沙尘，令其灰头灰脸。之所以不在教室，而偏要在操场开课，不是因为众师生热衷于吃土，更不是因为他们喜欢端坐于太阳底下汗出如浆，热得发昏，而是因为大学的楼舍要么被无可名状的巨手推倒，要么住满了各色身份不明之辈。屡遭侵占的地方通称“南方四岛”，昔年一位伟大的小说家曾在他幼稚的情书中提及此事。有一天，四五个老油条奔入破破烂烂、恶草丛生的旧图书馆，将“第一阅览室”几个字改成“唯一阅览室”，从而掀起一场可歌可泣、百折不挠、穷年累月的收复失地运动……

图书馆是学校历史最悠久的建筑。走进大厅，至今可以嗅到一股陈年往事的朽味儿。终日穷理尽微的龙梦博待在此地，昏黄的阳光使之产生幻觉，看见自己斜倚着馆外年迈的国槐读诗。西风残照下，他表情永无变化，树液在其脉管中滚淌。虫去图书馆探望同乡学友，说起宿舍楼夜间能闻见大海气息的怪事，结果他毫无反应。龙梦博的肉体正沦于无形，他顽固不化的神魂弥散到房间各个角落。虫不理解这位老乡，但确信他会谨守誓言，此生此世不再迈出图书馆一步。

阅览室内，我们很容易看见空气的波动：透过温润的玻璃窗，隐形气旋往地面投下丝丝缕缕水纹般游移的阴影。大风吹拂换气扇，它们在图书馆的所有屋子里同声悲鸣，流音连成一片，整座藏书楼因此更显空荡。各类时间空间不断穿梭，我们身边的陌生人已无关紧要。有时，伴随女人鞋跟的响亮节奏，幽灵会钻出地面，闹腾一通，继而升上天花板，消失不见。图书馆让虫感觉挺亲切，但谈不上热爱。小伙子相信，同乡龙梦博之所以变成一棵树，是担心某些蛮不讲理的刺头跑进来，将他强行掠走。最近，老龙忙于探求天人一贯之学，与典籍中明通博达的硕儒们争得脸红脖子粗。他穿着巨大的棉拖鞋，摸黑上楼下楼，吧嗒吧嗒闹鬼的动静响彻全馆。探访这个老乡说不定可以缓解焦虑？虫向流涎症持续恶化的龙梦博提起童娜，得到如下回答：

“很显然，她爱上你了。”龙梦博忽而是人忽而是树，他不停挖鼻屎，为同乡剖析入微，“她要么梦见了你，要么梦见了一条大黑鱼……”

4

往后一个星期平安无事。“梦月大象号”航行在南太平洋，朝智利的某个高纬度港口迈进。两天前，贾南德拉博士忽然拦住我，高声说：

“朋友，这是我一生之中最大的发现！”

印度人的圣牛正在门外伸头探角，又黑又湿的鼻子闪闪发光。这位曼尼普尔邦通灵者的所谓洞察天机我根本不感兴趣。傍晚五点钟，船舱外尽是无聊之徒，在贾南德拉博士眼中，他们或耽睡或恒醒，大多抵挡不住永世沉沦的诱惑。“人心小于黍籽、麦粒，又大于天，大于地，大于整个世界……”印度男子连连吮吸自己变形的手指。这时候，埃兰如同女忍者从拐角处猛扑过来，把我拽进她独住的客房。此事终于让一等舱眼神尖利的太太们称意遂愿，在各式阳伞下发酵的话题随即转向狗头狗脸、崇尚工团主义的三副以及另外一些人物。巨轮的航速越来越低，夜间近乎静止不动，通过舷窗看不见一缕波光。螺旋桨搅动的仿佛并不是赭石色海水，而是一片无可理喻的虚空，万千事物皆已套上消音器。有时候一声汽笛划破岑寂，人们方意识到“梦月大象号”仍未沉入海底。

刘一眆和埃兰均承认，这艘邮轮停靠过五大洲那么多国家，以致他们搞不清对方是从哪个港口登船的。女人说，她第一次看见旅行者整晚观星，就知道自己烦恼的缘由所在。她反感刘一眆漫不经心的态度，讨厌男人的漠然无视，但旅行者迈开他用以穿越戈壁的步调，始终往返于固定路线，令她无可奈何。

激情难以持久，刘一眆认为自己更适合独闯天涯。直到昏睡症蔓延期间，同海虱较量的日日夜夜，男人才因爱情病失去冷静。他继续旅行，与埃兰再一次相逢已是十多年之后。

然而，那个乾坤倒转、大雨倾盆的凌晨，埃兰再也抹不掉她心底旅行者的影子。餐厅的长舌妇联合会将她缺席审判，宣布她是个臭婊子，是条寡廉鲜耻的母狗，要抓住她踩扁踹烂，以维护濒临崩溃的道德标准。锅碗瓢盆在铁皮走廊里举行声势浩大的阅兵式，不断翻滚组合，回声四起，冲向雨水军团压阵的阴沉天空。某天晚上，患焦虑症的大学生对刘一眆说，爱情本质上是一门地理学，与孤独相仿。倘若你从未进入任何女人的内心，便很难扎根现实之国，便不得不游荡在现实版图的偏远疆域，生活于似幻似真的存在边缘。

“深更半夜，大学生饱受失眠折磨，而他勤奋刻苦的朋友，那个有妄想症的罗圈腿小伙子则一边蹲坑一边看书……梦游者、晃动的应急灯、成群结队的蟑螂、堆积如山的垃圾，外加从楼道尽头的大窗透入的微弱光亮……”

埃兰和旅行者忘掉航程、时间、宿命，日夜纠缠在一起。客舱的墙壁泛动着一绺绺纹影。他们头上，身体周围，明暗程度各异的气泡彼此碰撞，纷纷破裂，哔噗作响。房门外，齿轮、钢珠、轮轴、螺丝螺帽、铁圈铁管蜂拥而至，犹如闹哄哄的狗群，挤撞着奔赴战场，啰啰唆唆的铆钉和贫嘴贱舌的弹簧无休无止地席卷廊道。它们开会表决，徒劳地想组成一座巴别塔，可惜这番逆违天秩的举动引来一阵霹雳，许多零件瞬间气化，百丈高台隆隆然彻底坍塌，独余机械神的恶毒咒骂经久不息，无止境地回荡在所有人耳际。埃兰也见过那名妄想症发作的大学生，他手握夜光笔，不停往漆黑的空气里写呀写呀，好像没完没了分泌黏液的老蜗牛。然而直至几个月后，当宿舍楼完成它雄奇的转变，遭到夜幕下深蓝色海水的重重围困，他俩才终于结识这位昏头昏脑、睡眠不足的幻想小说家。看到他手捧《劫余录》在灯下阅读，埃兰问道：

“书上讲些什么？”

“讲一个聪明的女人和一个自以为聪明的男人相爱，”绰号

“牛皮糖”或“痴肉团”的小伙子说，“最终惨淡收场。”

5

春季即将来临，光秃秃的树枝感到奇痒难耐，蛰伏数月的猛兽就要复苏。但经历了一个漫长冬天，有些可怜人仍未从失恋的阴霾中觉醒。早在规模宏大的罢餐还处于酝酿阶段，甚至在学生和民工抱着不切实际的空想、以无上的勇气和执着涌到火车站的售票窗前，彻夜排起长龙时，小源就劝“呼噜王”别再终日为个姑娘唉声叹气。某天小源提着裤子从厕所回到宿舍，看见新世纪目光呆滞的失恋者正蹲在电脑桌上发愣。

“先哲教导我们，”小源说，“不在身边的女人，是一个死掉的女人。”

但“呼噜王”依旧无法摆脱他大海般辽阔的悲伤。年轻人深爱一个洋娃娃般娇巧玲珑的江南姑娘，她人小志大，非凡的野心延伸至各方各面。“呼噜王”首次带姑娘回宿舍，我扫了一眼，隐隐觉得她眉宇间流露的果敢沉毅给人以无形的压力。据说，她将励志学巨著《不抱怨的世界》奉为处世经典，并为男友买了本《懒人启蒙指南》当作生日礼物。我上铺的“电影人”大哥，长得挺像马龙·白兰度的思想怪杰，本宿舍货真价实的先知圣贤，才华横溢的鸟语者和阴谈鬼，早在“呼噜王”与他举止文雅的小情人相爱伊始便已洞悉最终结局。“兄弟，”有一次，洞见不祥兆头的“电影人”对深堕情网的室友说，“事到万难须放胆。”然而，可叹之处在于，当事人爱得太深，被甩的打击太严重：整整一学期，肥壮敦实的“呼噜王”不停给自己灌一种马尿似的啤酒，像狗一样吐逆，像傻子一样竭力哀号。他坐在酒箱上一瓶接一瓶狂饮不止，想用空酒瓶堵死宿舍的大门。他醉醺醺地往空酒瓶里撒尿，打着酒嗝，毛孔渗出含有乙醇的汗液。装尿的瓶子与装酒的瓶子放得如此之近，我和老虫都禁不住怀疑，发了昏的“呼噜王”尝过自己的小便。午休时刻，他酒气熏天，从一个房间走到另一个房间，寻觅酒友。夜里，我们令人心碎的“呼噜王”无法阻止自己再三做同一件蠢事，给那个曾与他短暂相爱的女人写长长的邮件、发长长的消息。他这样坚持了两个月，直到有一晚倒在污水横流的厕所内，因体力耗光而百念皆灰。但是，恋爱故事的结局与女人的铁石心肠一样，完全不可动摇。我们的“呼噜王”深陷泥泞却无法自拔。他满脸屎尿，他锦葵似的爱恋已经枯死。猪朋狗友反复挖苦这个情场失意的倒霉鬼，笑他是个脓包，拿他丢人现眼的不幸开涮。其实，我们不过是在实施一套精神病学的顺势疗法。那个星期，罢餐运动已成强弩之末，“呼噜王”好歹找到一名意气相投的稳定酒友：他是住在同一层楼的留校师兄，网名“肾水多多”，大伙儿称他“肾哥”或“圣哥”。两人爱去小卖部买醉，有时跑到楼顶叹气，摔酒瓶骂娘，抱头痛哭。这对难兄难弟把每根发疯的神经浸泡在落日余晖之中，他们脚下是多风多雾的虚假初春，它铺展如绒毯，冷暗如学院派的平庸习作。尘影弥漫的城市仿若一册包罗万象的老皇历，鉴别诸事或宜或忌，可它们一旦真实发生，便似脆硬的陈纸受到揉搓，在昏黄的阳光下碎裂成粉。你要么冲破烟霾，直抵天际，要么生生世世滞留于此。“呼噜王”向隔壁的“丝袜教父”讨来许多成人影片，与我们宿舍的老先知共赏。吃过晚饭，他一边看片子一边拿个四四方方的大音箱放音乐。那是一段死亡金属在天穹下流荡无休的奔放岁月。然而“呼噜王”病愈之后告诉我，其实他很讨厌死亡金属，简直讨厌得要死。

“小源，她还会回心转意吗？”躺倒在臭烘烘的厕所里，“呼噜王”半死不活地哭个不停，“她还会来找我，对吧？”

“不，”我没工夫再跟他含糊其辞，斩钉截铁回答道，“那个小骚货把你当成一泡狗屎，甚至不如狗屎。”

“可是，我爱她啊！”

这头蠢猪，可恨的衰相令人咬牙切齿，真想抽他几巴掌，再给他几脚。自我催眠的白痴，自寻死路的呆瓜！我们的手段已用光，耐心已耗尽，再执迷不悟，只好把你人道毁灭，图个耳根清净，世界清爽。

春天临近，闭日遮天的尘暴蓄势待发。

那时，“呼噜王”令老虫的焦虑症不断加重。后者是个同时对酒精和成人电影都过敏的可怜蛋。但不论是“肾水多多”也好，还是隔壁的“丝袜教父”也罢，均无法让“呼噜王”摆脱悲伤。我们谁也忘不了，在过去无数个夜晚，“呼噜王”彻夜迸发鲸鱼般雄壮威武的鼾声，致使房顶落灰，墙体振动。他让老虫坠入失眠的万仞深谷，自己却从不知情，还有一回他竟然对受害者说：

“你知道吗，我他妈的常常睡不着。”

罢餐一发不可收拾，局面彻底失控，学校正门像一张空洞的饥饿大嘴，迎向风沙，没办法合拢。冷风携带着黯淡的痛苦，从八极九野的裂缝间钻入现实。龙梦博走进图书馆之初，我经常想起他，转而又想到童娜。深夜，各种念头将睡眠远远驱散，厚重的窗帘犹如一张燃烧的极地星图。“呼噜王”已变成我焦虑症的极大一部分，巩固了绝望感。这畜生很适应恶劣环境，乃至为虎作伥，与恶劣环境合为一体。他生来一副山民的大嗓门，打电话像吵架。男人之所以能折腾，只因为从不厌倦。他平日穿一双古怪的拖鞋，走路响动极大，如果此时我一千次在睡觉，就一千次会惊醒。即使全力跺脚，本人也弄不出这等阵仗。另一起日常灾难的根源是“呼噜王”睡我上铺。他由衷热爱我们共同的铁架床，使劲冲撞它，挤压它，摇晃它，将自己的激情活力融入上床下床的每一个动作之中，舍友们谁也说不清，究竟是哪路神仙在支撑可怜兮兮的床架，让它至今未垮。膀大腰圆的“呼噜王”在床上翻身那股力道，仿佛情人召唤他投入短促而剧烈的野战，不把床板搞塌便不算英雄豪杰。我这位兄弟晚上呼噜震天，白天响屁不断，总之昼夜制造噪声。他是掌管刑罚的炽天使米迦勒的妖异化身，本该右手持剑左手执秤，如今却一手攥着酒瓶一手抄着鸡腿。

生活失去宁静，大海的气息若隐若现，好像无忧无虑的童年，蕴含莫大安慰。本人已经领悟到，世间最不可思议之事物，乃是我们所处的现实。宿舍楼开始倾斜那天，权威机构声称这完全是彗星擦过地球大气层造成的轻微影响。当时脏兮兮的小雨下个不停，楼前历史悠久的深坑积满泥水。没人敢在宿舍过夜。好事者环绕黑洞洞的建筑点燃一支支蜡烛，活像保卫一泡巨粪。星体频繁活动的夜空下，灯火辉煌的城市如同一片发光植物聚生的宁寂大沼泽。街道是横斜交错、粗细不一的黄金藤蔓，广大住宅区的窗户是星星点点的莹蓝蒲公英，商务区的摩天楼群是色彩缤纷的红树林，闪烁的防撞灯则是晚间栖停的无名虫鸟。那颗莽撞的大头彗星，似乎在一块漆黑无垠的溜冰场上画弧线，在两道玄渊之间，在稠密的星际尘埃之中毫无阻碍地穿行。欣赏天文奇观的市民，如倒挂的蝙蝠叽叽喳喳地交谈，走到星海的大潮旁伸手戳戳点点，兴奋等待流漫四方的星光把自己全身溅湿。童娜和老虫也身处其间。不耐烦的汽车长龙一径驶向星汉灿烂的晚穹内部，组建一系列巧夺天工的人造星座，填充那个不休不眠的太空新图景。

越来越多人在深夜闻到大海的气息，神经衰弱的老虫甚至第一次听到大海的轰鸣。建筑工地的喧声与海洋的歌声此消彼长，仿佛想要证明《格列佛游记》讲述的飞岛确实存在。狂风降临，天空释放了大量火精华而转趋澄澈，磁力线极其混乱，纵横驰荡的电光揭示着苍穹的深度。浓云如狼人的族徽般阴郁而绚美，不停向上积聚，直到目力极限的顶端。再往上是万千气象的神域，游龙闪动，诸天显形，半藏半露的宏伟须弥山已令五颜六色的水晶夜空难以承载。高大的杨树拼命抖晃，屋顶发蓝的积雪争相逃跑。暴君驾到。世人方才看清楚，泛滥天幕的流光溢彩只是些红肿和瘀青。这名至伟至大的艺术家从西伯利亚远道而来，不住弹动他灵活的十指，成片低矮简陋的棚屋便如琴键般跳跃起落，尘屑纷飞。轰雷巨响是电荷击穿屏障的爆鸣，是一群爱捉弄人的乖僻圣兽，它们一遍又一遍从城市头顶碾过，将整整一个冬天的大气污染清除干净。锋利的团状风借助无定无拘的快捷通道四处逞威，把现实的碎玉卷起，暴怒的天帝又要发下灭世的浩劫，神力所及片瓦难存。子夜，苟延残喘的都市上空已堆叠数千层透明的拱廊，我们看见一张莹泽迷幻的暗调三维画，向周围更辽远的空间不断拓展。寒潮壮阔，虫愈发想念童娜姑娘。跑到楼顶纵酒狂歌的“呼噜王”则率先目睹非同一般的景致，并企图将他无限的惊讶传递给所有人。然而，面对超越语言的神秘现象，他束手无策，不知如何是好，唯有反反复复叨念两个字：星空。

6

海上的星空何其广袤！无可比拟的星空，与约瑟夫·普拉托发明的诡盘如此神似，宛若一枚璀璨的大陀螺！城市的情况不必说，这儿的黑夜光雾弥漫，飘着银灰色云朵，夜航的飞机闪烁不定，偶尔能看见两三颗亮度微弱的星星。即使在郊外，在远离人烟的荒野，星空也残缺不全：或因地形起伏，或因树木遮挡，我们注定要失去它某些部分。

在无边的海洋上，星空则恐怖而壮丽，让人感觉很不真实。晴朗之夜，当你站在船首，仰头看到从环形大海往天顶聚拢的茫茫群星，不禁产生无尽的眩晕感，神分志夺，以为自己脚下已不存一物，只有连续分叉的无底龙渊。大千世界围绕不可见的枢轴缓缓旋转。所有国度是何等遥远，而宇宙近在眼前。星体背后是无穷的星云和星系，星云和星系背后是若有若无的星尘，是稀薄而灼热的以太，它们之间没有空隙，没有黑暗的容身处。犹如一场斑斓病菌导致的霍乱，球形天幕上满是星星，纯然是星星，除了星星就是海水。视力最好的眼睛也没法分辨这些胡乱切割的珠宝。更多星星躲在海平线下，造成海天衔接处瞬间的紧张与空白。在特定时刻，会有一轮巨硕的光明圆盘从深海跃出，以惊人的速度脱离水天交界线：那是月亮，大得几乎可以望见它支离破碎的环形山。

7

城市的灯光使月亮苍白、病态，像一瓣老年人的冷屁股。这种程度的月相变化必定不足以催动女人体内的潮汐。尽管如此，它仍悄悄改换面貌，比过去更圆、更暗，仿佛招募了一圈密度可观的大气层。午夜时分，月亮濒于坠毁；众多小物件下落的意志摇摆不定，水珠、药丸及蚂蚁晃晃悠悠飘向窗外。我们还记得“电影人”曾发出警告：

“小源，宿舍楼要变成一艘大船了。”

早在虫首度闻到大海的气味时，他就讲过这番话，但是谁也没当真。虽然“电影人”比舍友们年长几岁，精通多款滤光器、取景器和传声放大器的使用技巧，他广受尊敬却另有原委。叔本华说过，天才之特性亦体现在大自然赐予天才的相貌上。“电影人”正是如此。他既神似马龙·白兰度，又像一只患白化病的大猩猩，来自另一颗星球，生长自另一个文明体系。他对《魔幻生活的片段》赞赏备至，该诗集作者是挪威人克拉斯·吉尔。唉，饱学的大龄青年，异想天开的三流导演，隐藏在五彩乾坤深处的变色龙！你妄图力挽颓风，颠覆隆冬那乏善可陈的虚伪统治，并宣称玛丽莲·梦露还没死。多年以后，我们才敢面对他苦心孤诣的奋战之路，才算理解他的煽动、他的挑唆、他忘形的犯罪教育学。男人连做梦都想瓦解本城那无聊、刻板的制度根基。因单枪匹马而不得不独行其道，我们身边这位斗鸡眼的圣子，正凭借一己之力，咬紧牙关买进逐日贬值的青春理想。他百闻不如一见的大作《色情电影史》已是空谷绝响。身为一台记录魔幻时刻的手摇式胶片摄像机，他能把僵固陈腐的岁月拍进银盐菲林，施展剪辑师的精妙戏法将其拆解，重构为全新的史诗巨片。对此，大伙的激赏之忱简直无以言表。世人往往轻视那亦真亦幻的梦境。殊不知，恰恰是它唤醒了我们贫血症日益深重的空虚生活。

非凡的预言本领使“电影人”扬名校园内外。然而，他对万众一心的罢餐运动保持沉默。小源一度因此狂想症发作，猜测“电影人”可能察觉到所谓罢餐从未存在，更不会有任何成果。尽管这个老男人除了弄胶片之外什么也不做，他让大伙儿钦佩的占兆能力仍不容置疑。有一次“电影人”提醒小源，要提防祸从天降，结果第二天他就遭遇高空坠物，被一摞万恶的旧杂志将肩膀砸裂，青年小说家原先异常活跃的右手几乎给废了。往后他裹缠绷带，凡事依靠左手，用它敲键盘、写字、拿筷子，用它洗脚、擦屎、跟人握手、向姑娘致意，用它刷牙、抠鼻、拍蟑螂、梳头、翻书、开锁，以及完成种种在此不便提及的私密动作。

所以说小源对“电影人”佩服得五体投地。这家伙的小眼睛不易疲劳，臀部又厚又硬，很少生疖子。星期天在学校小礼堂放电影，是他最为热衷而近乎迷信的传统活动。男人荒唐到家。有时他一晚放映三四部影片，有时接连几周放映同一部；有时预告上说是某部片子，可真正投到银幕上的，却是风马牛不相及的另一部。因为他要举办色情电影节，校园沸沸扬扬，以致惊动保卫科、警察局与秘密部门。这位老兄专断的行事作风令许多人极度气愤，竞相指责他搞独裁，不民主，应在选择影片之前开听证会，采纳佳言。但我们的“电影人”完全置若罔闻，既不反驳，更不作任何改变。传闻放映室是他一个人的圣域，绝不容许旁者玷污，这一无上权力来源于用脚投票的沉默大多数。比氢气更轻的幻想化合物在里边越聚越多，已逼近临界值，它们势将冲破老男人残存理智的力场束缚，像失控的核反应堆发生泄漏事故，世界的形态会因此大为改变，本已脱离历史主线的魔法又要重现人间，甚至是新元素、新名词，诸如幻铁、幻压、幻游和幻政。小源一度想了解电影的投映流程，怎奈老男人对他说：

“这件事情，你找别人吧。”

虫认为“电影人”天生阴阳眼，他料事如神的能力跟他床底满满好几箱电影胶片全无关系。据说老男人屡染怪疾，总是漫无边际地夸大自己的经历。他久病成良医，整天捣鼓硝酸化合物，用违禁的溶液泡脚。然而，这哥们儿的智齿会无缘无故犯疼，预兆灾殃。他确实在肺结核流行时期挽救过大多数人的健康，并在一次宿舍楼失火的混乱危险中指引同学逃命。那次惨祸发生于初冬拂晓。很多人记忆犹新，因为当晚的星空如此明澈，仿佛来自遥远的海洋。贪恋幸福的校园情侣们对这盛大的天景从不厌倦，长时间在其下方深吻。大伙儿看到一条暴戾的巨龙在高处扭动，它布满鳞片的躯体盘绕成无数个圆弧，硕大的脑袋几乎全部浸入地平线下边致密、坚固的岩层大海，并以一种让人目不暇接的速度起起落落。它灼亮的眼睛是两团火，朝背后的大熊座投去深含怒意的一瞥。在天龙的头颅旁，是一位身材魁梧的老英雄，他用力踩住天蝎，死死捏住天蛇的七寸，其正南方是红宝石般闪耀的牧夫座，而再往下是手握玉米、光芒四射的处女座。从大熊座往东，卿卿我我的恋人们可以看到驱逐猛兽的守护者，他憨头憨脑，正驾车穿过吵哄哄乱糟糟的深紫色天宇。那些痴迷于星命之学的姑娘并不了解，巨蟹座位于双子座西北方，它用无与伦比的大螯托着恼火的狮子座，后者此刻正蹲在纷繁的星辰大集边缘，抛出一阵阵无声的咆哮。然而，那个灾祸之夜最抢眼的天体是英仙座的诸星团，它们是苍穹上系泊的明亮怪物，生长着歪歪扭扭的犄角，令一贯夺目的昴宿星团和毕宿星团黯然失色。最终，当谈情说爱、冻得发抖的青年男女陆续散场时，天鸟座才扑动翅膀，飞向银辉熠熠的星河之渊，去招惹全身炽热的海豚座。在这个无人值守、没边没沿的动物园里，天兔座、天犬座、天马座你追我赶，使暗空越发杂乱无章，几乎要把低垂天际的南船座撞沉……凌晨四点钟，北风哀哭，浓烟涌入宿舍。虫由于太过恐慌，意识短路，不知所措的众人都没发觉，激动、疯狂的忧郁王子正要爬出六楼窗台，纵身跳下。多亏“电影人”及时把这家伙拽住，否则，他将会成为消防车赶到之前的第一个枉死者。随后虫和小源、“呼噜王”依靠老男人晚上没倒掉的洗脚水，有惊无险地渡过难关：他们拿这唯一的半盆水蘸湿毛巾，捂住鼻子等候救援，幸运地免于使用尿液。待消防员把大火扑灭，众人看到五楼的地板已经烧穿，好些房间一片焦黑，铁床架拧得活像麻花。天亮后，那盆没用完的洗脚水沉淀出一层炭粉，升格为本宿舍代代相传的圣物。我们挨过了一个充斥烟熏火燎臭味的夏季，谁也不想吃烧烤。

“四年之中，”小源补充说，“他不止一次助我们躲过危险。”

没错，前年秋天，如果不是“电影人”挺身而出，反对校医院把肺结核说成流行感冒，肯定有更多的学生染疾发病。那时节，正面刷着红十字的两层小楼站满患者，个个争奇斗艳，状况百端，男病房的围场万马奔腾。匆匆忙忙的诊断从未建构在稳固的病理学和神经学基础之上，豁达而雄辩的主治医生飞檐走壁，把我们的病历涂得像希伯来语天书，并用盐水为姑娘洗礼，用双氧水为老人除臭，不断颂扬药学界、科技界的最新专利，千篇一律宣判你是乙肝病毒携带者。他为自己不幸的身世仇恨人间，随时会变成大鸟腾空而去，留下千百箱阿扑西林、环丙沙星，供不计其数的病人自医自疗，浇灭浑身上下的各种炎症、燥血症，以及该死的尿道流脓。

“事情终于掩盖不住，可怜的费坚被送走了。”

时至今日，只要听到某个角落传来咳嗽声，我们便不由想起费大仙，那个说得少做得多的烂好人、既发烧又抽搐两手颤抖不已的死宅电脑狂客。他住在小源隔壁，昼伏夜出，人不像人鬼不像鬼，作为流感患者去校医院治疗两个多月，吞服蛇胆，用钡剂灌肠，背部插满钢针，最终半夜咯血。尽管费坚已经离校，寂静寒宵里，他那令人惊骇的咳嗽声依然在走廊回荡，响彻楼宇……

不经意收获的声誉对“电影人”而言毫无价值。如今，当他猛眨小眼睛，布道般缓缓说出几部我们没听说过的土耳其影片，大伙儿便体验到一种服用抗抑郁药物之后游遍全身的神圣感。

冬天的尾巴又粗又短，大船似的宿舍楼终将完成转变，经受洋流的围攻，那时罢餐仍会继续。虽说此时你可以看见食堂内挤满饥饿的男女，却再也找不到抗议抵制的半点踪影，听不到正义的呐喊，感受不到觉悟的民众争取权利的坚强意志。人人皆痛骂叛徒。不久，所有关于罢餐、饭菜、风味小吃、择肥而噬、消化不良乃至国家粮食安全的讨论，原本是多么热火朝天，竟全在一夜之间销声匿迹。仅有下边这段文字得以幸存：

> 从前，人们没米饭吃，只好吃糠。清晨起床大家不分男女，脱掉裤子蹲下围成一圈，均手持一小棍，捅前面人的屁眼：因为谁都拉不出屎，唯有请别人帮忙。就这样，还是有人被糠活活胀死了。

网络数据丢失的真正原因，已无法查明，于是大伙儿只好忘掉。没几天，维生素的匮乏使人们甚至记不清为什么要罢餐。引发众怒的导火索，据传是一位校花居然在牛肉面里吃到牛肉。没人相信天上掉馅饼，因为食堂的饭菜有多难吃，我辈的感情就有多真挚。那颗阴险的不明物体旋即被证实是一块煮烂的创可贴。

虫和小源的宿舍也变故频发。渊博的“电影人”宣布，他已鉴定完世上所有的影片，今后只看载歌载舞的宝莱坞喜剧。恢复平静的“呼噜王”则随着潮汐的涨落彻夜迸发座头鲸般雄伟的鼾声，远离伤心之地使他极感宽慰，甚至亢奋得连连叫嚷：

“只有出海可以阻止我上吊！只有出海，只有出海可以阻止我吊死在窗前！”

这句话是“呼噜王”向虫学来的。几个月前，虫把它抄进记事本，因想念童娜而郁郁寡欢。他独自穿过大雾，穿过灯火通明的教学楼，穿过学生之家节奏拖泥带水的舞会，穿过一片满是情侣的小树林，许多男女两两抱对，靠胸贴肉，欲望得不到排解。虫行走在宁静的孤独之中，任由患流涎症的老乡龙梦博躲入图书馆，渐渐化为一株阴生植物。至于小源，他笔头不倒，夜夜疾书，引起三魂七魄的溃烂症大爆发，造成神志上无可挽回的终身残疾。

8

“梦月大象号”人满为患、动荡不安之际，陪伴船长多年的老黄狗走到生命终点，大白天突然倒毙。有位摩尔达维亚兽医初步断定，它没什么病，只不过是死于无法避免的脑力衰竭。迟疑坐困的老船长决定为爱犬举办安灵法事，并长鸣汽笛以示哀悼。于是一连七天，总在午睡时刻，人们会听到一首悲恸的挽歌：

杂种狗把永别的丧钟敲响，
牛群喘着气在草原缓缓地游荡，
明智之人踏上回家之路，
我乱拨一下琴弦把哀歌吟唱……

当时我那特立独行的朋友、老走神的旅行者刘一眠，仍快快活活躺在埃兰的客房里，诸事无涉。船舱变为独立的邦国，星辰日月环绕它不停旋转，仿佛钢梁铁皮外边是稀疏淡薄的虚无空间。旅行者可以一口气连睡三十七个小时，对邮轮始终在热带风暴的边缘航行不以为意。如今女人已知道，他接受一家深海打捞公司委托，探访厄瓜多尔、秘鲁、智利沿岸，寻找一艘沉船。四百多年前，装载五万磅金块的“布恩·耶稣号”西班牙商船，在圣弗朗西斯科海角附近遭遇荷兰炮舰，货物被无情地抛进太平洋以免资敌。那些环球航行的鹿特丹开拓者原本想去讨伐名动八方的秘鲁白银舰队。刘一眠告诉埃兰，在印第安人看来，黄金是太阳的汗水，白银是月亮的眼泪，他们不理解欧洲探险家缘何对金银狂热痴迷。除了做爱、蒙头大睡、欣赏舷窗上时隐时现的霜花图案，并偶尔为无解的问题展开争论，两人的主要活动是不停吃各类罐头。短短三周，旅行者便独自解决掉一百斤牛肉。他们像古希腊的摔跤选手那样细嚼慢咽，以便真正获取营养，增长气力。偶尔，埃兰会穿上刘一眠的埃及棉衬衣，夜深时分到前甲板遛几圈，然后再恢复她避世的裸体生活。全体水手与高级船员对抗的严重事态，他俩也是多亏了我才略知大概。门外风云剧变，恐慌、混乱跟这对男女不沾边。惊涛骇浪之中，矛盾不断加剧，有三名船工甚至在夜间被五花大绑关进监牢。有人打听到导航系统已无法修好，大伙儿愈发紧张，相互猜忌的程度越来越深。但我不肯离开，因为旅行者那本《创世的奇迹》让人流连忘返。它以魔笔写成，堪称一部大自然的法律精粹，形容词至此完全失效，插图的暗喻深深烙在读者心底。翻开书页，我身处的尿黄色客舱立即转化为史学的恢宏暖房。浸透光明的苏卢斯体文字铺满整个虚空，比现实更辽阔，绚烂瑰异的晨晖从一道平躺的黑暗深渊涌来，天穹横亘着纯金的书眉装饰线。历史的序列何等雄浑壮美，锚绳般串起全部篇章，以致我不可能孤立提及任何单一事件……

星期五，两名天主教徒对餐厅使用的平底锅表示抗议，说那是加尔文拿来煎炒未及时受洗的夭折男婴的。印度人贾南德拉则率领身披纱丽的女同胞把服务台团团围住，要求往饭菜里添放更多洋葱和咖喱。几乎一夜之间，厨房成为新焦点，掌勺的大师傅被怀疑是膜拜饿鬼坦塔罗斯的异端，反对者人数与他们的食量一起节节攀升。值此多事之秋，有个巧舌如簧、深藏不露的癫狂症患者聚众宣告，他独获天启，将依据神旨开创一个新教派，主张一个人同时又是另一个人，因为万能的上帝本身也是一对双胞胎，搞不好还是连体双胞胎，他们把天堂一分为二实施双头统治……圣多玛的受难史表明，男人进一步分析道，这位耶稣的孪生兄弟曾在北印度为奴，奋力传播福音，感化多神论者。于是此公以教派渊源和根本理义之故，把来自曼尼普尔邦的贾南德拉视作不共戴天的仇敌。事实上，我们的首卷书早就暗示，亚当的双胞胎哥哥至今仍关在伊甸园里，他俩容貌相仿，命运迥异，兄长看守美德，弟弟忍受流放，公元之初亚历山大的斐洛已阐释得清清楚楚，明白无误，这位学者还强调夏娃同样是一对姊妹，她俩一个长眠不醒，另一个光着屁股在尘世间四处走动。三百年前，英格兰的理查德·布拉泽斯则自称是上帝的亲侄子……孪生理论在全体乘客当中炸了开锅，而思想一经撩动，种种假说便纷至沓来，连退休多年的老教授都不顾颜面，忘情地投身于瞎编乱造的形而上学浪潮。老家伙论述说，神灵很擅长自我复制，以使完美倍增，例如犬儒派先哲马尔库斯·瓦罗认为，主神朱庇特足足有三百个之多，在其著作《关于人间和天界的古代史》中，他们无一例外统统没有脑袋，至于各式家神、河神、火神以及为数甚众的毛头神，实乃产业化狂澜中造星流水线和立体打印的伟大产物。

总而言之，炒旧饭的教派创始人完美解释了夜间怪影的根源，让不少乘客相信自己正投映到另一处时空，神游于另一片天地。短短一个星期，他连续吸收六七名或有钱有势，或声誉颇隆的女士先生，请他们担任教团理事。怀着专横的热望，这位圣诗学泰斗声称乾坤万象皆受镜面反射原理的支配，应赞美那股子磨亮世界之膜的充盈伟力，赞美分分秒秒不停擦拭它平滑表面的天使，他们是神圣的管理员，堪比统治犹太人的米迦勒，令镜子无污无垢、无伤无损，直到加百列吹响末日号角仍光洁如新。此外，由于我们这些个浊质凡胎不可能参透天父的永恒秘密，诚如福佑的巴多罗买所说，万物的善源既雄辩又沉默无言，甚至一语不发，那么理当接受圣灵导师的引领，终结自身的浅陋思考，以静待人神合一的宝贵机缘。要知道，立法者摩西恰恰是放弃了一切心智可理解的东西，方看见纯洁、奔涌的圣光，方可直视我主辉耀九天的居所和私处。我主是三位一体的上帝，是三点一线的上帝，也是一波三折的上帝，是一举三反的上帝，是一唱三叹的上帝，是一问三不知的上帝，是三一三十一的上帝……

星期六以后，风急浪高的鬼天气迟迟不见转好，大船在汹涌的海流里犹如一只昏沉的老母鸡，蹒跚驶入紊乱未知的航道。一连几天，洋面上白沫浑浊，看不见任何飞鸟游鱼，乘客们从早至晚呼吸着铅湿的空气，渐渐被孪生教派的胡诌所感染，自以为正处于别人的噩梦之中。总有一支虔诚的传教队伍积极奔忙，矜奇尚异的活泼信徒向所有遇到的男女老少宣扬教义。他们将摩拉维亚的再洗礼派、苏格兰的誓约派，乃至活跃于黄河下游的七灵派熔成一炉，激情满溢的脑袋大量充血，无比肿胀，致使他们不得不对外人施以暴力。像刘一甿这种关门抵抗、拒绝挪窝的死硬分子，已经列入黑名单，激愤难抑的信徒随时会逮住他，绑到柱子上钉死。埃兰对此竟毫不知情。她最大的兴趣是跟旅行者没日没夜纠缠，随着波涛的节奏朝欢暮爱，用强劲的大腿把他夹住并制伏。两人像新生儿一样朝夕裸卧，沉溺于原始的娱乐活动。然而，这天傍晚，有个男人走到埃兰和刘一眠的客舱前，敲开了他俩借以抵挡全世界的厚实房门。

老邮轮驶向马克萨斯群岛，日渐远离北太平洋寒流，周围尽是冷暖海水交战所引来的巨大红菱鲷和变异蓝彩鲻。赤道以南的风浪越来越激昂雄壮，仪器失灵的客船好似航行于牛神起起伏伏的脊背之间。我躺在埃兰身旁，抚摸她动人的腰窝，怀想岸上温柔的巨蜥吞食仙人掌的景象，或者树懒悠闲攀爬的情形。客舱像一块幽黑的池塘，周边的夜雨淅淅沥沥。女人正在阅读我徒步旅行的札记，大约对丛林探险颇为入迷，但是不喜欢格陵兰和拉普兰的猎熊故事。她永远让你感到陌生。睡醒后，这个俏丽的少妇满脸泪痕。天知道她为什么要哭哭啼啼。门外的跑踏之声日夜不息，时而凌乱时而整齐，如同一支军队借道穿越小镇。这天，有个男人停下脚步，结束他一路沉缓拖沓的足迹，兴许是想借点儿什么东西。埃兰穿上那件颇嫌肥大的埃及棉衬衫，爬起身去应门铃。

“是谁？”

含糊不清的答复没能使她想到任何一张面孔。尽管不愿拔去插销，埃兰还是勉强打开一道门缝，随即在自己鼻子底下看见一双骇人的灰眼睛。她以为对方患有象皮病。

“先生，”女人说，“你像棵树，像僵尸……”

鬼影似的瘦子走了进来。乍一看，这人确乎是漏尽钟鸣，大限已至。他披着破旧的方菱格法袍，左手夹着本《阿维斯塔语词典》，怪诞的眼珠子颜色很深，几乎看不清瞳仁。每当他昂头仰望，目光便茫然若失，眼眶里活像嵌了一对玻璃球，神色举止也跟瞎子差不多。他视一切如无物，枯败的右手在胸前缓缓挥动，身体散发奇诡的树腥，引得几只两寸长的公蚊子在他头顶盘绕。为什么船上会出现这些贪婪的飞虫？难道是做梦？此人或许是一名黑暗哲学家。他将大部头的硬皮书当作武器，穿着一双南瓜般硕大的棉拖鞋，走进房间时，脚底啪嗒啪嗒直响。

这个怪家伙拒绝坐下，皱巴巴的丑脸愈加苍白，满腮乌青。他站得笔直，像是很久没上发条的铁皮玩具，又像是什么人特意栽植的病异树苗，从未移动。埃兰回到我身边，她瞪大眼睛，屏住呼吸，存心要看看我和那个男人究竟谁先开口说话。沉闷、燠热的空气越来越稀薄。我莫名其妙想起一位在尼泊尔去世的赵姓好友。他发病时，整夜念叨一个女人的名字，第二天破晓前没了心跳。老赵的遗体最终留在珠穆朗玛峰南坡，他一家老小只好冲着个什么也没装的水泥盒子哭坟。今天，仿佛是老赵从寂静的死亡之国重返人间，神情凄然地杵在我眼前，喉结蠕动，汗流浃背。这并不常见。

“朋友，”面对僵冷如栗树的男人，忘掉凡尘诸事的老赵，我问道，“六乘九等于多少？”

“六乘九……六乘九……难道，这里是设拉子巴列维大学的第九阅览室？或者是卡扎尔王朝的档案馆？又或者是……”

“是人间，”我谨慎地拍拍瘦子的肩膀，想搞清楚此人到底是个什么状况，他全身的血液似已冻结，“我们在船上，‘大象号’。”

“哦，醉舟，”男人低声慨叹，“旧文明的殖民军！……催生苦难的夺命流感！……大洋牧场上奔跑的豺狼！……要开去哪儿？”

“很难说，可能是任何一个地方，也可能没有终点。”

“我看到好多疯子，”他喉结再次蠕动，极其可怕，“好多疯子！宣称上帝是对双胞胎……请问，我们是否身在梦中？以假乱真的电影之梦，无穷无尽的图书馆之梦，怪诞离奇的符号学之梦……”

“老兄，别犯傻。你活得好好的。你看到的事情，不管多奇怪，全发生在现实里。”

“现实，”那人说，“现实是一场一场连续的梦幻肥皂剧……”

“也许你说得对，也许不对。”

“物极必反啊！……那帮人还在外头，望着月亮，垂泪恸哭……你们快逃……”

奇特的会面结束后，埃兰走出客舱，试着打听这个树腥男子的消息。我提醒她，此人通晓天使学，钻研过怀疑神学和否定神学，在对话中引用过狄奥尼修斯大主教的《论圣名》和《天阶体系》，或者他名下的某本散佚之作，不妨抓住这一条线索，但埃兰把本人的指导当成耳旁风，仍按照自己的方式行事。在餐厅，她碰到阿根廷的高龄寡妇，老女人要了杯咖啡，双目炯炯，因与那位齿德俱尊的文献学教授眉来眼去而又一次焕发青春。当年她深爱自己的混球丈夫，渴望在公共场所同他交欢，愿跟他一起上街裸奔，直到天涯海角。爱极生恨啊！丈夫终归难逃一劫。老孀妇看似瘦弱，实际上其体格之强健远胜常人。她用一口夹杂卡斯蒂利亚腔调的英语对埃兰说，孪生上帝的信徒迟早会拔刀自宫，而面对一船无异于去了势的男性，乃是年轻寡妇最不该承受的悲惨命运，因为她们本应是天底下最欢畅的女子。埃兰静静听完老太婆胡说八道。离开之前，她说，阳痿并非巢毁卵破的灾难，倒不妨称之为无奈花落的人世哀歌。

“另外，我可没守寡，你们全在瞎扯。”

埃兰知道，孪生教派的头头也有一对灰眸子，但那家伙满身硫黄味，与我们诡异的访客并非同一个人，他俩很可能互为投影，或者真是双胞胎兄弟。她还说，传言中横发逆起的“灰眼睛”身披棉袍，戴着象牙手镯，与一名身高过人、皮肤白嫩、脸似水芹、整天裹一块缅甸亚麻布的女士住在一起。众多姑娘指证，他两条眉毛连成一线，活像个肺痨鬼，总是死死盯着她们看，目光有如野狗。此人因下丘脑异常而患有尿崩症。他嗜食鹅肠、猪脑，像罗马共和国的美食家一样罔顾性命地扫荡各类山菌、海胆与珍禽，结果吃坏了肠胃以致身体消瘦，毒素却沉淀下来，使之器官溃疡，神经萎缩，视觉听觉统统失效。大股腐液在他衰败的五脏六腑间滚动。据说，从某个特定的角度望去，男人似乎在颔首僵笑，可走近一瞧，这张鬼面具便马上露馅。原来，那不过是福利国家的惫惰、信息时代的内分泌失调以及纵欲过度这三者互相作用而生成的脸相。他把诸多圣人统称为赶骆驼者，又自封大牧首，身穿华美的戏服，昂然步入连夜赶造的简易万神殿，向信众宣讲教旨。他号召舍弃伤风败俗的泛神论，避开堕落的卡律布狄斯旋涡，他炽烈言辞的火舌四处舔舐，把人灼伤。立刻抬起你们困乏的肉泡眼，他说，关注那圣光的倾注，感受且冥思那完善之源构建的天国层级；须知可见之奶汁是不可见之奶汁汩汩地溢满人间的象征；汝等理应诅咒露大腿的夏夜，切勿跟从卑鄙的渎神者，将两位天主和他身旁的灵体设想成很多臭脚丫或俊美脸孔；根本没有艳彩夺目的皇冠、旋转的火轮，或者傻了吧唧的飞马，太一既是不可直视的强光，又是不可洞见的黑暗；所以肯定神学——呆板、僵化的肾结石神学——终究没法更进一步，所以众魂灵宁愿走那条通过否定而持续提升的道路。当然啰，汝等之所以把炽天使、智天使、座天使、主天使、权天使、力天使、首领天使、天使长乃至最低一级的天使统统画成可笑的形象，将其比作庞大的军队，比作雄狮、蛮牛或圣洁的巨鸟，是由于你们这些个愚夫愚妇不知如何玄观，而列位先贤也从俗照办，绝不是为了什么狗屁艺术美感，依然是为了适应你们粗朴的脑袋瓜，是为了迁就普通人贪图悦目的臭毛病；再说，借用从根子上违逆神妙本质的外相，例如诗人唠叨个没完的太阳、星星、晨露、云朵，甚或大石块，来描述全知全能的天主，更容易使世众明白，它远远胜过知识和理智，更胜过庸俗的隐喻……总而言之，言而总之，汝等不该拘泥于诸般形式，不要把概念的珍珠扔在猪狗面前；应接纳这奔流的神命，承受这二手的、经过众天使层层稀释的、仍旧无比绚烂的启示之光，随天地之间的千百级存在紧紧揪住原初的辉煌；你们的丑陋和残疾，并非源于纯粹之恶，而是源于善美的缺失；魔鬼向你们的魂魄吹风，用狂热的肉欲、顽劣的放荡使你们远离圣道；异教徒自甘沉沦，悉听尊便，我将为汝等，持外卡的新耶路撒冷公民，阐述玄秘异象、天定秩序与神圣预言，它们超出此岸和彼岸的一切力量，超出太多太多……

于是，来自全球的乘客兴冲冲迈向无止境的险途，而大船是一枚巨茧，正在孕育丑态毕现的文明新怪胎。信徒们使用塑料泡沫为首领制作了一座雕像，手绘的旋花寓意众星拱月。他们纷纷归籍于一个不存在的国家，记诵一段胡编滥造的伪历史，那个虚构的联邦打补丁似的不断修改国旗图案，最终形成它东拼西凑、难以概括的波西米亚风格。说到那位教主，埃兰认为他和树腥男子纵使不是同一个人，关系也必定非比一般。我倒觉得仅仅是巧合。况且，无论她的推测正确与否，情势均不会改观。到处乱七八糟，陈旧的“梦月大象号”已被水手和高级船员之间的仇恨撕裂。如今邮轮上层归大副统领，那里向来是富人区；下层是贫民的花花世界，他们生具豪放的本能，崇奉原始的侠义之道，又极为狡黠，谎话连篇，并且神不知鬼不觉地搬空了两间食品储藏室。风传“灰眼睛”的倒错症十分独特。他把舞厅布置成礼拜堂，把健身房改作宗教裁判所。他绞死窃贼，发放丹药，深夜率众前往船头搞祈神仪式，将船壳敲得梆梆直响。他从甘地的传记影片中学来圣人的仪态，词语在他嘴里嚼过太多遍，已韵味全无。各种团伙相继浮出水面。火药味越发浓烈，势同冰炭的人们随时随地准备殊死群殴……昨晚又有几个男女被绑在船尾，鬼哭狼嚎地经受笞刑，其中包括一名又高又胖的哥斯达黎加水手，他祖上当过短命的伊图尔维德帝国的封疆大吏。许多“灰眼睛”的信徒还在船首叮哐叮哐地搭设断头台。伴随公开处刑，没准儿还有一轮秘密屠杀？本人领教过深海巨洋的恐怖，然而，这趟诡奇之旅仍大大超乎我想象……

埃兰惹上了麻烦。有人听见她对阿根廷老太婆说，那些双胞胎上帝的信徒是一群不举者、腿毛收集者、臭脚丫崇拜者，个个长着一张卑亵的狸猫脸。这番话把他们气得发疯。埃兰是大名人，追求者众多，身边一向不乏饱经爱情摧残的各色男子，手捧鲜花、干花、假花或晒枯的海带，凑到她面前大献殷勤。印度人贾南德拉让她抚摸圣牛的肥厚脊背，接受它默默无言的祝福。可是眼下，孪生教派想把埃兰吊起来，顺便把她男人也吊起来，割去耳朵，削掉鼻子。他们撞进刘一眎的客舱，没找到半个人影，只看见一尊石灰岩做的贝斯神半身像杵在床边，目光灼灼地瞪视闯入者。这伙窝囊废不敢再轻举妄动。但“灰眼睛”及其狗腿子都没有料到，他们的终结者不是别人，正是我朋友刘一眎。

邪教徒马蝇般四下狂窜，擎着兽性的木雕神像，组成一支支圣歌队、圣辉团传达宗派创始人的意旨，还跑到埃兰的房前猛捶大门，敲起破锣和烂鼓唱个不休：“圣哉！圣哉！圣哉！万军之主！你俩的荣光，遍布宇宙……”五音不全的蠢材立即遭同伴痛揍。他们通宵达旦拿脑袋撞墙，旅行者根本不加理睬。接连好几个星期，欢声与沉寂不分昼夜，交替统治低仄的圆形舱房。然而，月历已经耗光，耐性很快透支，脆弱的平衡到底是毫无意外地打破了。那天黄昏，裂纹密布的夕阳紫晶杯盛满陈年金酒，膀胱结石的苦楚令“灰眼睛”极不好受。他派人把贾南德拉博士赶出上层甲板，扣下他哞哞叫唤的老公牛，准备以此为开端，大举清除异端，循序改造全船所有的巫师、魔法师、智术师、香火商人、格斗教练、星相家、易数家和文艺捧场家。孪生教派的信徒抨击术士们滥用天体，凭魔杖或手指制造灵迹，妄图与所罗门王竞争，因此无论是彼世之乐园还是今日之大船，均拒绝容纳他们。印度男子极其愤慨，又一次怒斥暴行，朗诵列夫·托尔斯泰的反暴力雄文，并念动咒语，挥舞发冷的双手，呼唤风神摩多利希凡，请求天谴的烈火降世。不过，这回印度人没少挨揍，更让两个为他求情的老头子也饱尝拳脚，甚至还要糟糕：被迫扮成滑稽的双胞胎，在纵贯全船的长廊上游行示众。好一伙公鸡！好一队豪猪！好一窝黄鼠狼！……群丑欢腾之际，刘一旷走到他们跟前，径直向张骞，向图德拉的便雅闵，向伊本·白图泰，向徐霞客，向马可·波罗，向大旅行家哈德良皇帝，向永不停息的贸易风郑重起誓：这些坏蛋必将偿还恶债。

“告诉你们歪嘴念邪经的头头，三天之内，我会去找他。”旅行者双眼外鼓，脸色好像死人，“从现在起，别睡觉，洗干净你们的屁股！……”

众教徒气势汹汹冲上前来，要逮住刘一旷。男人迅速闪过一个拐角，退入一条楼梯，消失在邮轮下层。天色转黑，海雾从舷窗、舱门渗进大船。老邮轮各处的灯光渐次点亮。它是一头夜盲的王虫，正驶向满天繁星的背面，驶向一片虚泛的玄域，从双子座奔往射手座。全无出路！刘一昽已定下反击的策略。而“灰眼睛”当晚布道时说，我们长两只胳膊不是为了揍人，长两条腿不是为了浪荡一生，长副肾不是为了放纵淫欲……他虽缺乏魅力，却善于利用混乱和恐惧，将寻找现世香巴拉的伟任一手独揽。尽管十八路诸侯的权力深受威胁，客轮上层的管理者、各团体派系的大小头目，仍输诚纳币，承认他是辖制全员的九五至尊、政教合一的最高首领，并且削尖脑袋要加入他操控的联合内阁。黄袍加身的“灰眼睛”把这艘邮轮定义成一条烧柴油的、意识形态的诺亚方舟，试图通过调整其航速和航向，来垄断世界的演进历程，掌控芸芸众生的运数。作为雄心勃勃、想入非非的新王者，他剑指东南，欲前往库克群岛，再前往拉德罗内斯群岛，即变节者之岛，称它是《山海经》记述的瀛洲仙境，是《列王纪》载录的俄斐乐土。实际上，太平洋星罗棋布的列屿，抑或迢远的无风带，它们或以牺牲人命为代价进驻海图，或以最彻底的方式毁掉最精明的投资者。事到如今，南回归线已遥遥在望，偏航的巨轮一路开向塔斯马尼亚。可是，身为船长的独眼老头子一天比一天更遭人忽视，坊间盛传此公之所以终身不娶，是因为他把挚爱的女子杀掉并做成了一盏落地灯……多亏这个令我们毛骨悚然的故事，高谈阔论者、新闻编辑和爆料人的欲求才大获满足，还被一名波兰小说家收为写作素材，改头换面镶入自己的杰作之中。不管怎样，刘一昽想尽早同老船长会面。为摆脱追捕，男人一路向下，直抵货舱。此处曾经是他和埃兰的隐秘圣地。身后已听不到脚步声。旅行者并没扳开铁门，而是沿一条通道朝前走。突然间，周围陷入漆黑，伸手不见五指，像是有人故意拉下了电闸……刘一阮站在原地，等待眼睛适应。空气又黏稠又沉闷，静谧中，露天敲木桶的空洞响声不时从远端传来。他一路探索，没找到任何楼梯，于是扶着冰凉的廊壁，步步为营，许久才遇上个岔道。男人接连转过五六个拐角，暗自讶异：这条船的内层构造竟如此复杂，他以前完全没注意到。

正无计可施，不知从什么地方射来一丝丝昏弱光芒，似有似无，暗如细沙，没能让封闭的通道变亮分毫。旅行者追随这缕难以捉摸的微明前进。越往下走，丁字或十字路口越多……他感觉不是自己在迈步，反倒是岔路持续涌来，眼前的狭窄长方体不停繁殖，重重复复，犹如一条蟒蛇的钢铁之梦。在这万吨巨轮的深迴腹部，开合不定的隔舱、大同小异的窄道、眩晕的错觉，皆向迷途者一路开放……千差百谬的记忆力与几近妄想的揣测，从脑海浅层催化出虚幻的迷宫图，除了引诱你误入歧途更无他用。不同的功能、形状和明暗程度，本已定下所有铸件的名称，但是黑暗这位灵感如泉涌的创造者，时时改变事物的轮廓，令人力竭而幻觉丛生，令视网膜上浮现闪烁的星体……男人被冲入光阴的泄洪渠，离干流越来越远，前方很可能是死胡同的尽头。缺氧，疲累，旅行者好像正朝一台宏伟热泵的中枢进发，又好像走在一个庞大闭环里，走在一截空间盲肠里，这无疑是造物主的劣等私货，是他老人家不成功的初级实验品。

拐弯，直行，再拐弯，再直行，循环往复……刘一朊听到自己大得吓人的脉搏声，不得不停步休息。兴许是两三秒钟，兴许是两三个小时，他终于找到通连上层的扶梯。金属敲击的动静逐渐变弱，代之以隐隐约约的滴水声……新一层舱室居然比原先那层还昏暗，仿佛台阶在自行下降，使男人越朝上爬反倒越接近邮轮底部。他摸到一些舱门，或接近于舱门的物件，没一扇能推开……身体已融入冥黑，不知自己身处何地，无从判断自己是不是瞎了。为抑制惊慌，旅行者深深吸进两口炭精似的空气，肺叶也随之染黑。他再度停下脚步，站在繁杂错乱的通道构成的诡怪幽暗中央。男人终于发觉，轮机和海洋的声音从一开始就十分缥缈，有如微弱的广播信号。这片异常浩大的迷空步障全然不像邮轮所能提供，即便它属于未探明的舱域，显然仍遭受了某种明目张胆、永无休止的复制和倍增……此地是色彩世界的死亡谷，最沉重、最浓烈的黑暗流淌至该处，日积月累，层层堆压。如果你静下心来观察，能看见那涌动的黑暗之中潜藏着肉眼很难分辨的微小白点，借助它们可以探测到黑色的泡沫状结构，进而在某个特殊位置摇响铃铛，或者擦亮火柴，令漆黑的国度崩坍瓦解。

温度骤降，空气愈发稀薄，旅行者变身为一台人形测氧器。再爬高一层，情况或将好转……他耳蜗失灵，深陷困境，想到埃兰仍在客房内等候，想到这女人灵猫般眨眼，蝮蛇般扭动，臀部的胎记形似南极大冰盖，让他忍不住俯身亲吻。她仰笑时，爱用浅青色的细长手指按住自己的乳头……快乐和痛苦如一根根铆钉，把男人的灵魂牢牢固定在体内。此刻，他手写的徒步旅行札记，埃兰是不是已经读完？老邮轮会否遭遇魔乌贼或者“俾斯麦号”幽灵战舰？独眼龙船长大概还躲在宽敞舒适的套房里，为弃世的忠犬及身边的乱局备感心痛？印度人与圣牛没准儿正从我头顶走过，去上演他们纯净无邪的好戏？……如此诡谧，奇迹必将发生，非止是物理奇迹，同时还是道德奇迹。当命运决定沉默，哲人说，不可逼迫它开口讲话，而应凝神谛听……意念不住翻腾，旅行者又一次迈开脚步，扶墙摸壁往前走。他已来到最底层，来到一个放大千百倍的地下公国，来到世间万象的胚盘，终于眼前一亮。发光的固氮菌悬垂于稀松的腐殖土之中，那些昙花一现的电脉冲向人展示着无限繁复的粗大根系……犹如身处陷落的远古寺庙内，他看见星空的化石，以为是满墙的塔雷罗银圆和弗罗林金币，还看见垂直的宇宙射线，看见玲珑剔透的玻璃鱼，看见铁壁上萤火般倏明倏暗的布莱叶盲文，而原本在显微镜下才现身的浮游生物，亦如会飞的七彩宝屑纷纷扬扬飘落到男人肩头……这是一块鬼神刻镂的记忆沉积岩，雪泥鸿爪千万年原封未动，是一片介于物质与意识之间的微观世界，处在两者的衔接共管地带，存放着史前的意识、往世今生的海量信息。必须依靠冥想才可以前进，否则寸步难移。刘一昕业已走入这场时空奇祸的核心区域……全凭幸运，他并未停留太久。幻焰幻辉逐渐减弱，地板逐渐恢复其凹凸不平，通道的铁壁越发粗粝。再转过几个弯，旅行者心脏怦怦直跳，因为一缕光明线刺破了真实的浓黑，男人不必费力揉眼睛就能确认，那并非残影、蜃像，更不是自己臆想的产物……他快步走向远处的昏沉亮斑，脑筋疯狂运转，速度之快，堪比坐上电椅的死刑犯。不久，旅行者看到一个小姑娘，她手持燃烧的蜡烛，孤零零一人，盘腿席地而坐，正静静守护掌中一绺无烟之火，以及它凝定、幽微的光焰。

9

有时，停电的经历令人愉快：电力制造的一切声音瞬间消失。因为断电，夜间的城市停顿下来。电梯变作牢笼，高楼大厦变作诡诞的怪物；暗绿的加拿大杨树像一群巨人，臂膀耸动，甩开步子逃进更深的黑暗之中。同一刻，另一种生活开启了。

童娜将不得不走出自习室，站在昏暗的楼道里不知做什么好。而我会尾随她隐秘的香味，不远不近，宛如跟踪一只鸽子……走廊的水磨石地板仍残留阶级斗争年代的标语。童娜领先一步从这些模糊不清的字迹上走过。她迈向“爱”时，我恰好踩在“恨”上；等她跨过“生”之际，我已将“死”踏于脚下……就这样，两人一前一后，从始至终隔着一条革命口号的微妙距离。

若单说宿舍楼，即学生们夜夜僵卧之地，十点半以后总要拉闸限电。校方如此作为的隐晦初衷，今日已无人能够解悟。反正一到夏天，它便与酷刑无异。那时，傍晚的热气团纹丝不动地悬空辐射，这群直径数百米的一颗颗虚浮之蛋，轮番糟蹋着夜幕下的混凝土原野。众多裸体男青年奔向水房，把一盆盆冷水往身上泼淋，阵阵饿狼般欲火高涨的号叫传至远空。洗凉水澡太多容易患风湿病，不洗又热得要死。我们简直怜悯住另一栋楼的女同学，她们何止不洗凉水澡，不剃光头，还整天用一对又宽又厚的罩子捂住双乳。在黑暗的掩盖下，姑娘们汗涔涔的赤裸肉身和真切的体臭足以激起兽性……许多个夜晚，我们躺在热烘烘的拥挤房间内，心想读大学原来是一场规模空前的虐恋活动。有人如此磨砺四年，性格反转，觉得这是一件很爽的事情。

10

“梦月大象号”已经航行太久，谁也不清楚何时才是个尽头。这艘年纪一大把的邮轮陷入了广阔的无助之中，唯有昼夜寒暑的交替能给予它一点点安慰。迷路的旅行者同样不知所措。那个小姑娘似乎是一抹虚影，从头到脚鬼气森森。某些听完故事的博学人士猜测，她真实身份是倒持明烛的冥界圣女，负责扼守阴间道路，坐镇亡灵殿堂，通常在墓雕中露脸，将来，刘一昿的追随者会把她绣到旗子上面，视之为勇气和力量的源泉。然而小姑娘的形象跟哀戚的大理石少妇相差甚远。她望着蜡烛顶部轻轻拂动的火苗，想必是焰心处有座诡幻的兰宫桂殿……通道阒寂，可以听见烛芯缓缓燃烧所迸发的嗞嗞声，轻徐的穿堂风没有搅坏光晕的完美圆形，也没有摧毁星火中绚丽的微型宫苑。小姑娘五岁上下，穿着短衣短裤，眼睛黑亮。她抓住刘一昿的指头，示意他往前走。两人始终一言不发。周围的幽暗好比一位疯画家，想以点彩派技法表现黑与白的无尽争斗。波斯学者布鲁奈 · 拉坦的《宝书》

里叙述过此等情形……旅行者这个闪念催生的万千思绪随之实物化，变为暴风雪，变为半隐半现的星塔在他眼前晃动，变为星卒星马在纷乱的沙场上勇猛厮杀，残骸不断下坠并消逝……男人弄不清究竟花了多长时间，可能是一两分钟，也可能是十几个昼夜，更记不得他俩转过多少个弯，穿过多少道门，爬过多少条楼梯。渐渐地，浪涛声隐约可闻，真实陆续将两人身旁的空旷填满，让组成世界的原质振荡如故……最终，旅行者跨越一级台阶，熟悉的氛围扑面而至。但小姑娘没有一同上来。她诡异一笑，返身走入黑暗，那股黑暗又浓厚又清晰，好像是她生命的一部分。刘一眖给不少朋友讲过他这段迷途经历。男人跨越一扇铁门，领悟到此前的时光结结实实锈住了，凝固了，时光的砂粒难以流动，不再侵蚀万物的根底……旅行者已无暇细究。眼下要办的头等大事，是躲避孪生教派追捕，闯入船长室，拜访孤立、愁苦、遭受软禁的独眼白胡子老头。

11

“呼噜王”本来上进好学。他天生是一名驯狗能手、格斗游戏之王，从小到大，被校方开除过两次。恋爱以前年轻人很快活。遇见个姑娘使之专注于折腾形而下，失恋又使之终日思考形而上。如今他深度依赖酒精。爱情很奇妙。

不过“呼噜王”数学一直很好，即使不去听课，应付考试也绰绰有余。我和小源同样不去听课，因为数学老师一口唐山话，我们听不太懂。那个年近古稀、讲授微积分和线性代数的麻脸男人总在重复这么一句巫咒：

“矮鱼比，湿肾沫管洗涅？”

老先生目光如炬，不断扫视讲台下低垂的各色脑壳，神情令我等永生难忘。当时，小源日益沉迷于另一片天地，对考试、实习之类的俗务全不在乎，也懒得向谁说明。他床边的书堆越垒越高，隔几日便轰然倒塌一回，半夜三更砸向他脑袋，用一阵劈头盖脸的疼痛将他弄醒。

所以，我独自下苦功以减轻焦虑症，转向童娜借阅她举世无双的课堂笔记。姑娘写字速度极快，有闻必录，极厚极沉的本子近乎一部百科全书，包含一切细节、题外话，乃至毫无意义的嘟嘟囔囔、不值一提的叽叽咕咕……我借此进一步认识童娜，理解了姑娘之所以如此神奇的深刻原因。她把那沓马粪纸装入蛇皮袋，提着它走遍校园。夏季，暑气将丫字形的教学楼戳得千疮百孔，分割成冷热不均的蜂窝结构。阳光的罗马式方形柱捅进甜梦的浓稠奶冻，以无法察觉的步调悄然游移。永昼炎炎，晃眼的金络到处传导午后广播的忧郁小提琴声，远近回音的合奏丈量着建筑群上方的空域，又消融于炽灼难耐的一排排树冠之间，搅动万千枝叶的光学大会。家属区飘满晾晒的床单衣物，沉睡在一片异常明亮的幻觉里……童娜穿上颜色不搭配的短衫短裙，脚踏一双薄底拖鞋，活像个卖假药的女人。她将众多课程及学问记录下来，并且记录老师的神态、动作，记录邻桌的窃窃私语，记录当天阳光的密度与空气湿度。金融史的宏大布局在她笔下栩栩如生，股票和原材料价格起起落落。细密的蝇头小字之中，苏联统计学家尼古拉·康德拉季耶夫的专业论文透着毫不掩饰的戏谑、消讽，以及他个人悲剧的苦难呻吟。翻过这沉重一页，姑娘转而描述一只蛾子停在副教授长斑疹的秃顶上，同时以稍嫌缭乱的速记，抢救他写到黑板又擦去的粉笔字，附带飘散的字迹暂存于电风扇周围的形态和反光。童娜记下某位女老师肚子的鸣叫，因为她跟我们一样没吃早餐，有人在闷热的教室里连连呃逆，讲台后面的淑女微微皱了一下眉头。但我可以证明，姑娘没来得及收录一些人的小动作，还有他们瞌睡的短促迷梦、纸条、眼神连同萌发的爱情。讲解各种概念、公式的传道授业解惑者，走马灯般来去匆匆，而学生好像固定的背景，显现于高速照相机连续曝光拍摄的一系列相片里，任你日升月恒，我自岿然不动。可结果呢，最后钉死在学术十字架上、逐渐腐烂的牺牲者，却是脸色蜡黄的众位老师。童娜因笔记而扬名，其皇皇巨作被称为当代大学之圣经。姑娘不再将它出借。我在掩卷惊叹的那一刻无可救药地爱上了她。

生活慢慢变成现实的怪相。倔强的“呼噜王”跟他娇小的铁娘子相恋之初，龙梦博尚未逃进图书馆，“电影人”仍在放映一场又一场电影，老虫虽然思念童娜，睡觉也尚且安稳。至于我本人，还没有因写作的执念而魔怔失常。那时候，我们沐浴着金色岁月，个个是大好青年，毕业之后去找一份工作，或者找不到工作，或者找到工作之后再失业，或者失业之后找到所谓更好或更差的随便什么工作……无论如何，我们不必产生一丁点儿坏念头。怎料情逐事迁，不只是各人皆走背运，而且宿舍楼正日渐转化为一艘大船，要使我们贫乏的生涯彻底倾覆。某天深夜，我去厕所撒尿，确凿无疑听见了浪花声。仅一个月后，透过窗户已可以看见蓝湛湛的无垠大海。然而一开始我们岂会在意，顶多认为那是建筑队的新设备，能将盘古大神的头盖骨捶得咚咚作响，能创造最奇特的噪音，攻破更死寂的深沉梦寐。又或者，是本人饿得头晕眼花之际难以避免的幻听幻视？龙梦博感慨，没准儿那是众多航海家日记投进现实世界的非凡倒影。我梦见自己身在一艘巨轮之中，活像软体动物，还认识一位旅行者，向人讲述他给温顺友善的豹纹鲨、丑得吓人的皱鳃鲨、硕大而优雅的鲸鲨以及一翻两瞪眼的琵琶鲨拍摄纪录片的美妙经历，又谈到他与一名生物学家赴北美沼泽地搜寻未知物种的旧事。这个勇敢、可敬的研究员不幸染上恶疾，饱受水蛭钻屁眼之苦，差点儿送命，不过仍感到称心遂意，因为他发现了一种珍稀的淡水鱼，生来就没有腹鳍。偶尔，老虫也会梦见那艘巨轮，看见三五成群的男女四处游荡，顷刻间撒满船头船尾。他们激动而吵闹，冲进别人房间，你推我搡，抖搂粗俗的笑料，咧嘴露出烟熏的黄牙，翻白眼，打滚撒泼，烧毁马戏团海报。治安队员还没赶来，他们已逃得无影无踪。

大雨滂沱的晨晓，我和老虫在邮轮空荡荡的统舱内相遇。雾笛发狂乱响，黑夜的缰绳套在我们脖子上，环绕四周的嗡嗡声一个劲儿诉苦，埋怨自己不包含半点实质内容。我们绞尽脑汁，挖空心思彼此诘问，互相讥嘲，乃至破口大骂，但依旧无法证明，两人并非身处同一梦境之中。按理说，总该有一个人源于虚构，而另一个人是虚构者，即精神不正常的发梦者。老天见怜，我们实在不知道怎样分辨真伪。到底还是老虫年纪长吃盐多，遇事不慌。他提议：与其傻站着等死，不如跑到外边碰碰运气。湿漉漉的空气闪光如云母。船上弹孔遍布，处处皆战场，所遇之人无不是面冷言横。每当一大群男女从远处风风火火疾奔而来，我们两个要么假装斗成一团，要么躺在冷冰冰的船板上冒充尸体。岂料老虫竟乐此不疲，借机练习懒驴卧道的步法身形。没过多久，我们遇到了那个男人，亲眼看见他，这名孤胆英雄、跳伞冠军、野外生存专家狼狈地翻越一道道无形的沟坎，神色好似刚在鬼门关走过一遭，那儿凄风苦雨，漆黑无边，冰冷的巨大迷宫足以使任何人失魂丧魄。

12

船长室位处邮轮前部，正对船头和首楼甲板，它居高临下，弧形飘窗拥有全船最开阔的视野。度过漫长黑夜，这里往往率先迎来紫蔷薇般绽放的黎明。此时晨空如一块瑰玉，红轮一跃的刹那间，浓密的寂静充塞天海，足以震慑鬼怪，令起尸的死者平复。不久，冷冰冰的黄金世界将从窗台涌进房间，半睡半醒之人还没睁开眼睛，因此能见到美轮美奂的黄金纹理，感受到高纯度缓缓流动的黄金宁谧。若将时钟倒拨小半圈，诸位会看见，那个晚上群魔乱舞，旅行者独自前往船长室，途中撞着两个年轻人，他们是近来一再神秘现身的大学生。与前几次碰面不同，双方均神志清醒，小伙子们一丝不挂，犹如流窜的越狱犯……海洋之夜奇异而动荡，千百种声响将人洞穿，暗穹剥掉一层又一层洋葱皮，它注满高盐度月辉的内核，把宇宙朦朦胧胧地映成千形万状。到处是沉郁的金影，到处涌现蒸汽紊流的涡旋。为了保全性命，两名大学生紧紧跟住刘一町，毫不在意他要奔往何处。旅行者带领年轻人跑来绕去，上蹿下跳，好似捉迷藏。路过一条又直又宽的通道，他们看见几个男人被锁在铁管旁，脑袋汩汩冒血，恰如承受私刑的乡村小偷，不过脖子上没挂木牌，周围也没人凑热闹。他们开始迎向桅灯朝上爬，身后有个低眉倒运的黑胖子失足滚落舷梯，追捕者随即七手八脚将他抬起，摆荡两下，扔进大海。

刘一町潜身遁世的日子里，孪生教派大肆抹黑，说什么不能让他为所欲为，否则流沙将至，毒虫会在全体成员的脑袋深处狂咬！还说他企图引发暴乱，把孩子教育成无神论集团的马前卒。刘一町对此一无所知。而这一刻小源虽吓得屁滚尿流，却坚信自己是在梦中历险，可飞越高楼，跃入巨渊。或许，确乎有个满怀恶意的梦妖正持续编造一场又一场危机，这令虫百思不解。他们埋头爬呀爬呀，忽而离船长室极近，忽而离它很远……最终，刘一町指着一个入口说，跟我冲进去。三人齐声大喊，杀向一片黑暗，好像闯入一座《一千零一夜》中已经停止营业的巴格达公共澡堂。他们接连揍翻六七个鸟教徒、四个四眼田鸡、五个胸毛繁盛的爱尔兰高地人、八九个疯子，并又一次放倒一整排歪头斜脑的鸟教徒。这群废柴，不过是定格偶动画里最没用的小角色！清一色的孬货！狂魔附身的杂食动物！再看看刘一眆和他率领的两个小伙子，前者是继承祖学的格斗家，流星十八跌独步武林，后者则自以为梦游，全无章法地猛踹敌手裆部。破天荒头一遭，他们来了，看见了，胜利了，所向披靡的恺撒大帝也不过如此。

其实，素来机警的小源一路都在琢磨临阵脱逃，免得白白送死，结果被一股听天由命的情绪激流淹没。

出乎意料，房门大开。刘一眆三人恍若走进一座修建在海角上敞着斜顶窗的小木屋。那是一片怪异、独绝的空明洞天，宛如一切皆已石化，而地板会随时消失……即使再过许多年，当虫几乎忘掉了整个幻境，他依然可以分毫不差地回想起此间灵灯似的星辉、让人目迷的魔珠，以及流动的凄凉空气。月光的针脚至此已完全凌乱，困倦险些把两个大学生闷死，但他们不敢揣度在梦中入睡是何等景况……我将见到一条腿的哈亚，年轻人忍不住想到，跟他一起全球追杀白鲸莫比 · 迪克，所以眼下这艘船应该是“裴廓德号”，而不是什么“发瘟大象号”。他们残损的记忆，如同断电之前没来得及保存的计算机进程，卡死在一个关键节点，事后只好用猜度、假设、虚拟来尽量填充弥补……

旅行者最先适应室内凉冰冰、沉甸甸的寂静。借助一轮金黄的大月亮，明暗的楚河汉界将房间准确分割成相等的两半，并在某些超乎想象的侧面，印下殊形妙状的错杂反光。墙上挂满相片与旧奖章，角落里放置着一只纯属装饰的空心罗经柜。受过战争洗礼的独眼老船长，颓影模糊，正一个人枯坐于旧藤圈椅内，旋开一瓶瓶朗姆酒、茴芹酒外加马尔萨拉葡萄酒自斟自饮。他背后是一具庞大阴森的灰鲭鲨标本，身前是一盘没下完的国际象棋，还差一步王就要被将死，已经无力回天。这个解除职务的最高长官、受圈禁的国王、遭到推翻的主政者，这个即将翘辫子的普列汉诺夫，昏暗中形如一只黑须僧面猴，尽是赘肉的老屁股瑟瑟发抖，在无声无息地悲泣……他掏出打火机，点燃一支乌普曼烈性雪茄，身体往后一仰，躲进更深更浓的阴影里，腮际的红光缓缓一明一灭，满脸的筋肉似在抽搐扭曲。虽然瞧不见那只独眼，但三名闯入者无不觉得，老头子正用他灼热的目光死死盯住自己。

“你们是什么人？”他混沌、晦暗、近乎残忍的面庞好像在破颜微笑。

“上天派来助你夺回荣誉之人。”刘一昕回答。

13

倒春寒已延续三天三夜，先前逐渐消融的积雪又结成坚冰，豹脚蚊却一如既往大规模繁育。这座三千万居民的城市上空尽是闲荡的冷风、黯淡的云团。黑色四月，冬天忙于借尸还魂。乞丐纷纷在大街小巷冒头，堪比一次井喷，以职业性的凄惨敲击路人的同情心。可我们比乞丐还穷，否则不会罢餐，更不会罢餐后又躲躲闪闪钻进食堂。实际上，有几个硕士生的父母就是轻车熟路的全职乞丐。反常的天候和连夜大雨，令很多人像虫一样失眠了，他们在床上翻来覆去，直到精疲力竭。起初，大伙儿下半夜还可以迷糊一阵子，但自从一队队陌生男女进驻宿舍楼以来，已没人能够入睡，吃再多安眠药也无济于事……混乱不堪的凌晨，大群灯眼鱼在窗外游弋，饥饿感显著增长，成百上千箱方便面消耗一空。然而，夜间号叫的干瘪肚皮是多么难以充实！我们亟需油水，亟需大块大块的红烧肉！罢餐，是哪个蠢货的馊主意？天真幼稚！究竟是谁倒霉，是既得利益还是我们这群饿殍？……方便面吃到两眼发直，老脸泛青，铁一般无可撼动的失败丢在我们跟前，从提上议事日程那天起，罢餐就失败了，甚至还未萌生这个想法就毫无悬念地失败了。最后，垃圾食品把人折磨得神志恍惚，夜轮在大雨之中驶过一条条海岛链，朝向饥肠辘辘的梦乡进发。某天清晨，楼下斑斑驳驳的告示板上出现一首匿名诗。

食堂

大锅前力争上游
拖鞋，毛裤，棉袄

食欲和抵抗力
深深探入冷餐盒

阴谋可以果腹
享有权利的动物
生殖器们彼此紧贴

我不卑不亢
捍卫青春食槽：

请抬头看看
老于谦的石灰已经炼成

释迦牟尼一天几粒菜豆
勾践顿顿舔那只该死的猪胆

文天祥先吃饱再殉国
朱自清作为饿殍载入史册

食堂与课堂
你分不清谁才是最可爱的婊子

然而我们沸反盈天
埋怨免费汤扼杀灵感

还有玉米粥
你可能因此而变作毛驴
更何况菜谱空白处全是土豆
劳苦大众的响屁遂改由小公主来施放

我所以沉默
让唇角油星告诉你嘴巴的用途

但革命火光
令我无比亢奋
分不清女人或者肥肠

罢餐！我也高喊一句
粗馒头转眼间把喉咙塞满……

醒来时，虫全身酸痛。昨天夜里，他和小源追随刘一眖，手执铁棍，浑似两个凶恶的流氓。以前，在布满潮痕的海滨小镇，总有一伙流氓追打他，又有另一伙流氓保护他，这是因为虫的兄长是个大名鼎鼎的流氓。据说他们的父亲也做过流氓，还做过走私犯，常用渔船装运汽油、柴油以及日本化妆油……不过虫缺乏天赋，无论怎样培养、锤炼、鞭策，仍越来越不像个流氓。两派人马均大失所望，骂他丢根忘本，不是东西。而小伙子真诚、恳切地告诉那些个老混混，他从来不想做流氓，这与流氓的好坏美丑无关，他只能依循自己的原则来立身处世。可是流氓之子、流氓之弟居然当不成流氓，实在滑天下之大稽。反观小源，他主张一个男子汉应该敢于做流氓，善于做流氓，此乃不言而喻、颠扑不破、妇孺皆知的朴素真理……如今，两人紧跟刘一眖，发现全船人已悉数疯狂，彻底疯狂，按照费迪南·巴达缪的说法，要比一千条狗还疯狂一百倍。四下灯光昏暗，还能听见建筑工地的荒响。昏睡病暴发前夕，旅行者联手老船长，以一杆温彻斯特七点七七毫米来复枪为起点，雷霆般开创了狂暴的新事业：让“梦月大象号”恢复原样，回到旅程之初，在太阳和月亮之间的海洋上悠然航行的安稳状态。

刘一眠无疑是大船新秩序的奠基人。他说干就干，当晚便突袭逮住“灰眼睛”，扔进老船长储藏黑货的杂物舱里。谙熟博尔赫斯作品的阿根廷寡妇宣称，刘一眠召集了一支阴魂军队，事实上只有四五个人参与奇袭。旅行者破门而入，看到该教主正在享受一名女按摩师的服务，他连连低吼，脸红筋胀，床边还有个黑人小男孩不停挥扇。这位特殊的俘虏一向狂妄，自诩天命所归，此时却神色沮丧，如同坐以待毙的迦太基元老。似乎一切尽在他预料之中，吊死鬼的前景是孪生造物主为他刻意安排的考验。恰好是那一刻，从船舷阴暗的角落里窜出一群灰老鼠，翻越栏杆，争相跳入大海。它们跟黎巴嫩的黄金鼠简直判若云泥，本是整个太平洋最低贱、最卑微的生物，远比琉球、吕宋、美拉尼西亚，乃至加罗林群岛的同类历史更悠久。如此不求上进，如此得过且过的鼠辈，在新几内亚，在马塔乌图和努库阿洛法的臭屎堆旁，早已不见踪迹，或许只有在古代斯基泰人茹毛饮血的南征马队里，在萨摩雅德人冰窖似的寒冷部落里，在远赴君士坦丁堡纳贡的诺夫哥罗德人简陋而结实的独木舟里，才闪现过这么肮脏、丢脸、天理不容的丑恶物种。

“难道，”孪生教派创立者兼首任教主的头号情妇一声哀号，

“女人命中注定要把毁灭带给伟大的男人吗？”

原来“灰眼睛”只是个普普通通的小个子。他既无獠牙，更无毒腺利爪，只会放连珠屁。权力归零。受害者们群情鼎沸，请求以其人之道反治其人之身，用猪粪把他生生臭死，用大象屎把他活活压死，用开塞钻给他屁股打洞，割下他罪孽深重的睾丸丢到海里喂鱼。但刘一旷仅同意公审，并且不容讨论地指定老船长担任临时大法官。在众多仇家面前，死鱼眼的教主痉挛不已，他人不像人鬼不像鬼，身上还残留睡梦的层层游影，徒劳地渗入皮下……为避免麻烦，特别庭审火速定罪，判处他终身监禁，永无假释，结案时不得不镇压旁听者以保障司法程序的完整。事毕，三十多名水手想追随旅行者，男人接受了他们的效忠。鉴于孪生教派并没有立即垮台，刘一旷决定采取更强硬手段，把这个群龙无首的组织扫平荡清。其实人人都知道，不论哪一方落败，下场都很悲惨。两派均声称自己在为全体乘客的最大福祉战斗，是他们的代言人，将捍卫他们的宝贵自由和崇高信念，不惜流尽全身上下每一滴血每一滴尿。然而，尽管双方的言论相仿，完全可以互换，现实中却拉开枪栓，你死我活地一寸一寸争夺甲板。第二天傍晚，当小源再次见到见刘一旷，男人正指挥部下围歼负隅顽抗的死硬派教徒。他站在高处，肩扛火箭筒，面无表情，太阳镜后边是双似昏似暗的公羊眼，鱼尾纹又多又杂。短式卡宾枪！纳甘转轮手枪！卡拉什尼科夫冲锋枪！古老的毛瑟步枪！更古老的长筒鸟铳！……听命于铁血领导人的大批战士将埃兰视作胜利女神，刚刚从萨莫色雷斯出土的、仍冒着热气的胜利女神，要用掠夺搜刮的财宝为她锻造一柄金权杖，这群刀手、射手和投弹手还把弃械投降的敌人拖来拽去，滥施刑罚。白胡子老船长与旅行者已基本控制邮轮的中前部。原先住上层统舱的乘客三分之一被拘禁，搬进更拥挤的下层统舱，三分之一被赶到船尾，三分之一迫于无奈同来路不明的家伙共居共处，天天争食。“梦月大象号”犹如一座海上城市昼夜喧闹。刘一眆陆续消灭其余派别。不少顽固分子受到惨不忍睹的惩治，只剩一口气……眼看整艘船行将臣服于旅行者，他麾下几个最忠诚的男人忽然反叛，强攻驾驶舱，要剁掉老大的脑袋。船长想跟作乱者在交火区域谈判，刘一眆认为这是多此一举。他以十倍的力量发起铲除叛徒的总攻，斩尽杀绝，无可争议地一举奠定自己的军事统治基础。大副率百分之九十五的管理人员归顺，唯独一嘴狗牙的三副没表态，不理不睬地躲进角落。尽管如此，大多数乘客还是以为，既然纵恶欺善的镣铐已经砸断，既然油汪汪的库房——装满塞浦路斯的葡萄酒和罗马尼亚的蜂蜜，外带雪柜里冷冻的圆鲱、海鳟以及樱桃鲑——已落入顶呱呱的民众之手，安定日子将从此降临，再也不会饿瘪肚皮，再也听不见处决的枪声。可是，很遗憾，局势演变丝毫未顾及众人的善良愿望，他们翘首以盼的阿卡狄亚式牧歌生活并没有到来。

星期天拂晓，风高浪急，从邮轮底层的某个货舱冲出一只孟加拉白虎和一大帮顽徒。这头野兽又老又病，几乎仅剩骨架，皮毛脏乱，活脱脱是一条变异的斑纹巨犬。它竭力维持自己的雄风，率众猛冲，闯到实施宵禁的船舷边缘。刘一眆布下四奇四正的铁桶阵，指挥队伍向他们开枪扫射，老虎和五六个汉子一同饮弹身亡，余党纷纷缴械。事后血迹冲刷干净，尸体倒吊示众，老船长发布声明，称恶狗三副策划的叛乱遭到无情、彻底的围剿……经过连番较量，敌对派别七残八败，抵抗的烽烟渐微渐灭。然而一波未平一波又起，邮轮各层的谣传不减反增。很多人发现，船长在餐厅露面时，神情憔悴，好像一只挨过棍棒的老火鸡，他引以为傲的白胡子尽失光彩，根根往下耷拉。禁酒令迅速颁行，终结了不少醉汉在船头骂脏话、到处呕吐拉屎、用玻璃瓶子砸别人脑袋瓜的粗野活动。几天后，“梦月大象号”紧急创立了一个临时委员会，以处理戒严阶段的公共事务，确定制宪权。刘一昵请来几位学识渊博的行家暖场。他们篦虱子般认真梳理了立法系统的悠久历史，列举该领域的所有先知、圣徒与殉道者，详尽阐述精妙的立法技艺、深邃的立法思想、滴水不漏相互制衡的立法准则，听众无不目瞪口呆。这伙诡辩贩子和讼术讲师的终极成果吸收了人类文明史上诸多璀璨夺目的理论精髓：君权天授学说的木乃伊、《摩奴法典》神施鬼设的条条框框、《圣西门宣言》沉浑而又直露的造反诗篇、《绿色和平宪章》半身不遂的好意、古罗马十二铜表法的丁零咣啷，再加上历次宗教会议和千百份停战协定所浓缩的汤汁卤水。临时委员会由船长、新任大副、乘客代表与水手工会代表共同组建……老独眼龙说，“梦月大象号”的处境依然凶险，人们还要应付越来越危急的机械故障、狂怒的大海，以及夜间频现的不解之谜。他宣布，为挽救更多性命，避免庶黎涂炭的人道惨祸发生，从即日起，委员会有权决定谁吃白米饭、谁啃粗馒头，有权决定全体成员上厕所的趟数及顺序，有权决定生小孩是否违法。最后，委员会有权决定一切应该由委员会决定的事务。无论什么人，犯下哪一种罪行，若现场被抓，将就地惩处且不许上诉，从审讯到执行判决将没有任何间歇可言。委员会的第一个决定是，把全船旅客分成若干小组，各小组务必及时汇报组员情况。埃兰被选为小姐和年轻夫人的代表，兼任新欧亚妇女团结大会副主席。经过一系列铁腕的改造，管制“梦月大象号”的领导层稳若泰山，船长退位让贤、辞尊居卑的文告随之发表。委员会相继制定最低纲领和最高纲领，公布第一届政府的组成人员名单。谁执牛耳已不言自明。岂止如此，手握生杀大权的刘一昈迟早会直上青云，与神灵平起平坐。

罪恶的温床并不是原则或武力，而是无能和软弱，以往这绝非他秉持的信条。但如今餐厅内外却盛传，刘一昈宁可将众多骂名锦上添花地推给部属，容许这帮坏家伙犯下毫无必要的暴行，也不愿他们无所事事，身手变慢，乃至心肠变软。管理者想方设法，使轮船共和国的人民投入永不落幕的狂欢之中。大伙儿又唱又跳，比赛吹牛，在食物奇缺的时期争夺暴饮暴食的阿庇修斯桂冠，夜以继日搓麻将玩纸牌，摸女人屁股，发明成吨成吨的下流笑话，竭尽全力彼此撩弄，施展挑逗术，拼命让对方乐不可支……这是一场无止无休的孩童游戏，贪婪和恐惧轮番登台，效死输忠的活剧接连上演。大概有一双眼睛，隐藏在一切之后，睨视众生，催动巨轮的社会结构飞速进化。哥伦布骑士团、大洲圣名会、天涯同乡会、帝舟北美革命子弟会，冠以类似称号的组织陆续成立，军人、文官、商贾各据其位，激烈抢夺那一口肥肉，积怨甚深，更在阵营里互相倾轧，像苍蝇一样死去，排起长队死个不停，死得令人鼓舞，死得毫无价值，死于糖尿病或脑血管爆裂。刘一眂已经高高在上，不啻是神明委托的威严族长，公正、智慧的仲裁者，让人鬼均无可遁形，政教协定的不同签字方分别由他自己的左手和右手充任。无须约束的权力在其连轴转的发达腺体内翻滚，在其粗大的毛孔里移动，使他化身为船形天地的成吉思汗。只要这个神圣的征服者步入餐厅，五百名吃饭的旅客便不寒而栗，冷汗直流。他是一言九鼎的总执政官，是一部肉身法典，是丰沛、精纯、源源不绝的力量，是浪货们下狠手勾引的天字第一号目标。裁缝们给他制作华贵的服饰，好衬托其不可一世的尊荣与赫赫声威。许多奴颜婢膝的稻粱谋之徒和头脑发热的野心家巴望他看上自己的妻子情妇，奈何刘一眂要么不屑一顾，要么深感厌烦。于是诗人们花言巧语，大力讴歌赞颂他和埃兰海枯石烂的爱情，想捞点儿钱财或求个官职。已分到权位的男男女女，则小心翼翼守住刘一眂下放的芝麻利益，既想一口吞掉，又不敢立马咽到肚子里，只好把它们保留在喉咙处……大伙儿已将海岸线抛诸脑后，仇恨急剧累积，深入骨髓，达到神愁鬼憎的程度。不过谁也没料到，率先抗议临时委员会的狂徒，竟是最高首脑的前室友贾南德拉博士。印度人拒不接受宣谕官的委任状，他跑到顶层甲板上公开谴责掌权者，斥之为西班牙的佛朗哥、意大利的墨索里尼再世，是依靠暴力统治的无赖君主，正使劲发展他独辟蹊径的新式神裁审判，而临时委员会堪称一个新式神意机关，入选者是神鬼的新式经纪人和操盘手，是一群彻头彻尾的新式伪君子真神棍，比挨了绞刑的纳粹头子阿尔弗雷德·罗森堡及其冷血的研究小组更可恶……监禁贾南德拉博士的命令由刘一眎直接下达，乘客们摇头叹息，气愤难平，再度企盼邮轮能快一些抵达智利的海港。有人说之所以迟迟不到岸，是因为南美洲已变成一片汪洋，如今大伙儿不得不藏怒敛怨，指望旅行者带领他们去找寻最后的陆地，建造一个新家园……正当所有人都以为，情势将日趋平缓时，骚乱开始至今一直没露面的埃兰束好头发，迈出房门，引得原已惊诧莫名的男人女人一个个极为好奇。她双目灼烧，乳房冰凉，激愤地走过污秽的廊道，走过左舷，走到首楼甲板，通知刘一眎的几名部下：

“如果他要抓贾南德拉，让他先抓我。”

埃兰紧随印度学者被关押，很快又重获自由，特赦令据称是独眼船长签发的。少妇的面容光洁如故，有人因此将她比作主司霜雪的青娥娘娘，比作手持闪电的天庭女神，比作芳颜永驻的邪恶老巫婆，说她越怒不可遏，越美丽销魂。然而埃兰已失望透顶，不是因为刘一眎狠似虎狼或怯似绵羊，也不是因为他建立了一套神权政治，求助于虚假、肤浅、矫揉造作的可鄙教条，而是因为他天生无情无义。当晚，埃兰从船上蒸发了，她消失得诡怪离奇，甚至没在大部分人记忆中留下任何痕迹。但是偏偏有这么一个家伙，试图忘掉她却力所不逮。他坐在空空如也的床榻边缘，感到她似乎无处不在，想到她臀部的胎记会随星辰、天气和心情的变化而呈现米灰、苔灰、瓦灰、铁灰以及深银灰等不同颜色，男人终于发觉她是他无从逃脱的惩罚，他受过的刺激如此深刻，根本没办法消除……往后的岁月里，他必将备尝煎熬，由于恨她而恨整个世界。实际上，当初女人第一次在刘一眠面前脱光，这一切已无可追回。兴许是天地太过苍老，诞生其间的许多男子，应该说几乎所有男子的活力皆丧失殆尽，所以他们冷漠残忍，完全不知爱为何物，满足于行尸走肉的乏味日子。

14

世事总是出人意料。三月的第一个礼拜五下午，有人对虫和小源说，快去看看吧，那个老在楼顶喝酒的哥们儿跳楼了。此前，我们还以为“呼噜王”已甩开失恋的阴霾。归根结底，他是个容易快活的年轻人。

消息传来时恰逢下课铃敲响，各色阴影正以人们能察觉的速度大肆延伸，黄昏低头弹拨它音程失准的竖琴，向凡间抛撒无数引号和省略号。身披粉红暮光的校卫队如同一支浴火的华丽仪仗……万事留待明天，另一场生活戏拉开大幕。我们穿过十七八棵又瘦又矮的虎皮松，逆风走进该死的学生公寓，摇摇晃晃爬上六楼，深吸一口气跳过一大堆废料、垃圾，停在那扇历尽沧桑且被踹开过无数次的房门前。正要插入钥匙，就听见走廊的尽头传来呼号。失音走调的叫嚷声饱含压抑的振奋，不可捉摸，让人误以为是国足在一场无关痛痒的热身赛中进球得分。好一会儿我们才弄明白，不是国家队爆冷，而是一个大活人刚从楼顶跳了下去。

我们不约而同想到“呼噜王”。他两个多月来痛不欲生的种种惨相，此刻如放电影一般，逐帧浮现在我们眼前。他几近狂热的伤心悲恨，实话说，无非自取灭亡的愚蠢。但我们又不得不承认，这愚蠢是伟大的。四年间，除了因急性阑尾炎住院那几日，“呼噜王”天天陪伴他小巧玲珑、走路扭屁股的铁娘子吃饭。谁会看不出他热烈的爱意？他认真涂抹润发膏，认真为女人准备她想要的整个杂货铺，甚至她不想要的，同样为她准备妥当了，例如够她读一辈子的无聊书信、痴情而令人发笑的甜言蜜语、护花使者所应具备的健壮体格、超凡的性功能和男女平等的自由精神、虚无缥缈的贷款实力、卑贱的殷勤与典身契……此外，还有一个专为她设定的完美计划，附送一箩筐没有她人生便毫无意义的夸张信念和肉麻说法。总之一名钱囊飘垂的青年的全部精华，他皆已为她备好，可以随时奉上而且绝无保留。尽管“呼噜王”受挫的恋情是一座到处漏水的房屋，注定坍毁，然而即使在分手前夕，他仍服务于她，替她处理学生会的烦琐事务……姑娘根本不需要这堆破烂，或许只需要一点点。民族大义年复一年刺激她不甚利索的排卵系统，使之渴望献身给全球的航空事业，献身给高精尖的涡轮艺术，结果却献身给一位少年成名的国际机器人比赛季军，亦即她小老头似的天才导师和高科技贸易公司的董事长兼总经理。我认识的朋友之中，没有哪一位能像“呼噜王”那样，凭他不设底线的自虐与泛滥无度的柔情、勇气、精力以及卵蛋火辣的孤独去疼惜某个女人。老虫说过，在爱情的众多臭狗屎里，“呼噜王”以最窝囊、最可悲的方式吞下了最冷最硬那一坨。如今，我想起这句话，扭头望见老虫似笑非笑，难看得像在哭……

昏睡病原已降临“梦月大象号”。独眼龙船长的拉布拉多犬死后，该疾症迅速拓展疆界，吸纳新鲜滚烫的生命值。然而瘟疫的蔓延并未击垮老头子的意志。他下定决心，被豪放的诸神遣去跟死狗做伴之前，绝不放弃拯救这艘邮轮。在将近半个世纪的航海生涯里，老船长从未领教过如此严重的昏睡症。许多人莫名其妙坠入无意识状态，纵使他们正在性交也是如此：那个“孪生上帝论”的发明人、火尽灰冷的前独裁者，与他姘头就这样保持一个老树盘根的姿势，沉睡不醒。于是乎，人们不敢闭眼，不敢独处，不敢躺下休息，他们累死累活地做游戏、猜谜语，彻夜歇斯底里地吵吵闹闹，无止境地辩论争执。有人引经据典，推测舌蝇的叮咬可治疗昏睡症，又有人反驳说，明明是舌蝇的叮咬会诱发昏睡症。某位牧师将这一怪疾归咎于道德败坏，相信它乃是一种精神上不可逆转的麻风病。我重新见到刘一眃时，几乎不认识他了。传闻老邮轮已彻底改造，最高统治者的二十七处寝宫以暗道相互通连，谁都不清楚他究竟身在何处，因此乐队为他空虚的宝座演奏，群众朝他游荡的残像欢呼，其姓名变作真正的禁忌……事实上，男人只不过是缩回自己最初的普通客舱，终日足不出户，犹如衰老的寄居蟹重返它第一副外壳，准备平静地安度暮年。他脸色阴沉，不再吃马林鱼，改吃黑面包，经常一个小时一个小时地呆坐不动，夜晚才稍稍如意……旅行者寻访过身材高大的图阿雷格人，跟他们一起在戈壁上垂钓，靠打盐井贩盐为生。这些人是一群败亡者的后裔，是天神遗弃之部族，至今仍使用巴比伦学者贝罗苏斯编制的历书。他们居住在大地尽头，青年时代就已拿黑布蒙面，以向迦太基的陷落、汉尼拔将军之死表达绵绵不息的永恒哀悼，进而避免将他们继承自远古的那张死人脸示众。我知道，刘一昿如今自以为是一名图阿雷格人……最近两年，这伙腓尼基文明灭亡后便一直散居隐逸的流浪者，突然大批聚集至尼日尔的阿加德兹省，占领撒哈拉沙漠南缘的铀矿，再同无所不能的中国公司频频交易。但刘一昿始终是那个清高孤僻、脱离尘俗不谈金钱、符合一般印象或完美理念的图阿雷格人。“鸡毛蒜皮的事情，别来烦我。”他沉迷于思维炼金术，与下属日渐疏远，改用一道鹰鸷的锐利目光，审视每个走入房间的老老少少，他要求满脸佞色的来访者进门先迈右腿，并且拒绝接见左撇子。刘一昿的意志逐级放大，很多乘客和船员被他下令监控、禁足、提讯，其中就包括阿根廷老寡妇以及一贯直言取祸的贾南德拉。大伙儿说这个掌握权柄的男人因滥交而身染臊疳，阳具溃烂，经常发热发烧……其实他没什么病，只不过思绪消沉，感觉枕冷衾凉，继而对所有事务心灰意懒，渐致完全不再理会。我猜想，大权独揽的旅行者兴许正决定夜遁，利用时空隧道逃往纵横交错的深巷之间，去寻找他匿迹潜踪的情人埃兰。所以，当管理“梦月大象号”的委员们向刘一昿报告，船上昏睡病肆虐，他连眼皮也没有抬一下，兀自喃喃低语：

“那是海虱引起的……”

普通人一辈子都见不到海虱。它是一种深海动物，呼出的气体奇寒彻骨，在深不可测的海沟海槽内，躯体被压缩得很小，是深渊领主身上爬来爬去的一颗臭虫。如果借助密度流一层层地浮到浅海，年幼的海虱依然细小得近乎看不见，大海虱则状如一只巨型蝌蚪，通常与一艘邮轮等长。古代以色列人将海虱唤作利维坦，误传它吞食过一个名叫约伯的倒霉蛋。我国先民则称之为鲲，意即黑色大鱼，又说它有八首八面，八足八尾，能喷吐云雾。但海虱非鱼，实乃一类归入钝角亚目的虱子。它正是昏睡病的制造者。

忧郁的大船已迷失于太平洋深处，英仙座垂挂在浑波滚滚的水面之上。海虱芬芳的叫唤声，吸引鱼虾蟹拼命朝它涌去，供它饱餐。而人们一旦听到那优美的哭泣，就会倒头沉睡。海虱捕手是一个极富挑战且受人尊敬的行当，可惜从业者大多滥竽充数……虫和小源往楼顶狂奔，情绪激动，没工夫思考生存或死亡的深奥问题。除了冷风把旧报纸吹得哗哗作响，楼顶处处皆空。跳下去了？他们随即又听说，没错，跳下去了，事发地点是一栋教学楼的天井……沙尘暴正从天边涌向城市，好像要将恶积祸盈的浊世彻底掩埋。虫和小源立刻赶往现场，真真正正如假包换的人命案现场，他们闻到屎臭，看见一具死尸，头部与上半身已用全校统一分发的蓝白格子床单盖住，穿直筒裤的双腿扭得极不自然。众多保安、警察在尸体四周走来走去，似乎忙着清除空气中弥散的流星余迹，其实谁都不做事，空等上级指示。两人在封锁线外胡钻乱窜，想搜集些消息。可小源很快发现他身旁没有一个人是知情者。大伙儿无不伸颈探首，兴奋万分，向陌生人提问。满地血污还没冲洗，仅用泥沙和废渣覆盖，后来，这一大堆掺有脑浆的不明物运往郊外倾倒，化作肥力超强的腐败质，养育出怪诞的鬼头苍蝇新变种。虫感到无计可施。既不能走过去掀开床单，辨认那具血肉模糊的躯体，又找不到任何解答。犯难之际，突然一道声音在他们耳边炸响：

“真没料到，妈的……”

不必回头，他们就知道谁在说话。多年来，这家伙跟我们共同生活在一个狭小空间里，有时鼾声如雷，有时周身酒气。尽管他让舍友们尝到种种痛苦，尽管他大海般辽阔的悲伤眼下又添新创，但是虫仍然觉得，这声音好像美妙的音乐。

“妈的，圣哥从上面跳下来啦！……你老兄居然报废了！……交差了！……大笨瓜一个！……猪头！……蠢蛋！好鞋不踏臭粪，想不通呀！……何苦来？唉！……人算不如天算，破罐破摔吧！……世上无不散之宴席！……这狗血淋头的年月！换谁也顶不住啊……”

“呼噜王”一脸哭丧，用他无比忧伤的语调，向小源和虫述说始末。原来自杀者是“肾水多多”大哥。为了一杯留校工作的苦酒、两条掺沙的文凭火腿肠，他起早贪黑，献身一份低三下四、薪俸菲薄的差事，由于几勺残汤剩饭而气结，思想因久受私恩小惠和官僚主义的夹攻而日益堕落，肝胆脾肺已遭庸俗的盘算深深毒害……虽极力预防，他看似体面的前程还是被一个猪卑狗险的官场小人给毁了。频繁手淫的恶习渐渐演化为严重的人格分裂，让他畏影避迹，间或又视险如夷……极端、狂乱的思维发展成一连串各自独立运转的副本，好比许多相似的堂兄弟在他脑袋瓜里同住，其中之一自以为是只海青雕，最终力排众议，促使这个月月领取折腰俸禄的穷苦青年抛开一切，蹬腿跃向倒悬的金黄色天空，让灵魂融入那无限苍穹。

刘一眖俨然是个高居深拱的帝王，整天观看一个马其顿舞蹈团的欢快表演，并且始终在做他诡形怪状的图阿雷格人之梦。我这位性情大变的朋友拿出一套散发酒香的萤石杯碗，招待他亲自挑选的访客。旧荣新辱男人已不再挂怀。但船客们以后会记得，旅行者是如何用一台经过他改装的嗡鸣器，将那头躲藏在深暗之处的庞然巨物引上水面的。它从海中升起，像一道凝烟，像一座黑色大教堂，演奏着帕莱斯特里纳的庄严合唱曲，其惊人的体积令随船的海虱捕手一筹莫展，束手待毙。众人这才明白刘一眖早已步入视虱如轮的高深境界。此时，水天交界处泛起一抹殊难言喻的宝蓝色。

“那东西就是海虱，”刘一眖刚撒完一泡尿，全身抖动不已，他思念着埃兰的云情雨意，指着多雾天际兀然浮现的一片广阔灰影，大声说道，“好个能耐不小的恶魔！”

教学楼里有一片纵深的漂亮天井，阳光从厚重而透明的玻璃房顶斜照下来。发生自杀事件的那个傍晚，风云突变，市区内腾起一座座狂暴、旋转的尘霾巨塔，暮空化为一幅抽象派沙画，全城陷入绝对的静止。

“有时候，我背靠栏杆休息，晒得浑身暖洋洋的。我啃面包，喝罐装牛奶，看一看天井底部来来往往的行人……

“两周前，有个小伙子跳楼，死在天井里。落到我那一层时，他兴许还在朝我挥手……当然，这不大可能，因为速度太快。不少人还记得，他砸到地面的声音很清脆，我琢磨铁定摔个稀巴烂。附近走过两个姑娘，当场昏倒休克……风刮得正猛，沙子撞到玻璃墙上噼噼啪啪直响。我赶紧跑下楼去。好家伙！他竟诈尸一样直挺挺坐起来，满头血污，又把三个女人和两个男人吓得半死……”站在虫对面的大个子脸上游动着狡狯的阴影，他一边说话一边推开窗，让新鲜空气流入室内。夕照强烈，男人瞬即消隐于一堵厚厚的光垛之中，炽明耀眼的方形光砖近乎实质，穿透他鸦青色的僵硬身体并将其同化。罹患败血症的春天已发起暴动。清新的风团君临大地，将一切围困，使我们心烦目倦，变为金晃晃的尘粉。然而，房间依旧沉重且闷热，充斥饱嗝味，仿佛辉煌、宏阔、维护正义的光明大法庭上最令人不耻的被告席。

“那小子两眼翻白。摸出一支烟，用嘴叼住，可怎么也掏不到火机。他转头慢慢扫视围观的傻瓜笨蛋，似乎想借个火……你知道，自然所有人都呆住不动，好像中了定身咒。我们没敢说话，连喘气眨眼睛也格外小心。这时他哗啦一声歪倒下去，不再动弹，彻底完蛋了，没救了，死透了！不久，他开始发出屎臭……”

虫叹了一口气，转头向窗外望去。彼处既无地平线，更看不到他日夜幻想的深海大洋，只有一个截掉双腿的汉子，沙蟹般依凭一副铁轮走路。那人把自己绑在轮轴中央，犹如一个让你不敢相信的奇迹，缓缓穿过宛若大海冰封的明亮广场。

15

有个死人说过：在这荒诞的生活之中，最荒诞的事件比最具有意义的事件更可能发生。两个星期后，巨轮似的宿舍公寓终于完成它伟大的嬗变，被夜幕下无边无际的海水大举包围。楼房的结构急剧异化，混凝土因为超越自身的承受能力而塌倒、冒烟，物质的神秘代码重新排列，此消彼长的火团火柱又凝成更坚实的梁架筋骨。图书馆不断倾颓下去，野草横逸，弃作蜘蛛的巢穴，沦为一堆牛粪不如的东西……直到这时，我才不得不相信那句话。月亮从澄湛的海面升向天空，十方世界一派清凉。超迈凡俗的旅行者刘一眎，乘兴而来，败兴而返。他讲述的很多故事我依然记得。其中最著名的一起灾祸，正如《厄立特利亚航海记》所载，是一对老海虱做爱时引发了海啸。

2005 年，2013 年

西铁人

西铁人之一

首先西铁人不是一个人，而是一群人。作为他们打上了叛逆烙印的后裔，我终日振荡于冷漠与狂热的两极。其实鄙人的灵魂寒热症早在幼儿园时期已初露端倪。那阵子，有个道骨仙风、胡须很臭的怪老头常年挡在家属区大院栽满香脂树的东门外，拼命想逮住我，非要讲授《论语》和《中庸》不可，理由是某个礼拜天适于拳打镇关西的晴朗下午，洒家莫名其妙地走到这位鱼泡眼的银发长者面前，毕恭毕敬鞠了一躬。鬼使神差啊！该如何对抗离休老教师的顽固职业病？本人刚满五岁，才记事不久，最大的爱好就是跟其他孩子一起撒欢狂奔。每天傍晚，西铁镇处处能听见我们难以遏制的尖叫声，追逐耍闹的强烈欲愿一发不可收拾，激情如洪水奔荡，拍击房屋、围墙和大人们组成的八卦桩。我还喜欢倒跨在父亲的单车后座上，假装是稳坐巨舰的诸葛孔明，气定神闲地指挥他超过其余接送孩子的家长。然而真相无情，现实残忍，结果是别人的单车纷纷超过我们，场景好像循环播放的龟兔赛跑，好像阴暗版的田忌赛马。父亲却毫不介怀，仍按自己的步调不紧不慢往前骑行。我洋洋得意的可恶表情正是那时在脸上永久固定下来的。

本人开始领略长辈们重义轻生的气概，开始见证西铁镇涎皮赖脸的传统，是在读小学以后。当初，我三舅爱上一位漂亮阿姨，向她发起了猛烈进攻，但姑娘不为所动，原因是小伙子长得活像一只大鼹鼠。我三舅放出话来：如果姑娘不以身相许，他就从全市最高的望火楼顶上当众往下跳。漂亮阿姨身为一名大家闺秀，从没领教过西铁汉子的刁蛮凶狠，因此甘拜下风，乖乖变成本人的舅妈。不久我三舅随外家远赴大洋彼岸，定居纽约布鲁克林，直至今日邻居们还称颂他年轻时坚决果敢。

信仰需凭泼死泼活的奋斗来完善。进入新世纪，西铁镇生机渤涌，跟我三舅一样为爱情而不惜性命的西铁人层出不穷，英勇事迹比比皆是。大伙儿经常感叹，苏毛毛的妈妈实在了不起，她以最本真、最原始的方式让我们体会到什么叫女子能顶半边天。家属区的众多婆娘一直把她视为精神领袖，这些妇人深知流言的威力之大，足以泯灭天良，足以烧毁城池，含沙射影的诋谤更是堪比宫颈潴留囊肿，胜过锋利的剑戟刀枪。多年来，她们的笑声如暴雨倾泻，如狂风摇撼楼群；她们的脖子忽粗忽细，今天是桥本氏甲状腺功能亢进症发作，明天是松本氏甲状腺功能减退症发作。从上午八点到半夜三更，挨了丈夫的打骂而登门求教的大媳妇小妻子络绎于途。她们轮流向苏毛毛的妈妈，西铁镇的头号三八红旗手，痛诉自己遇人不淑，遭际不偶，越说越激动，越说越想满地乱滚，全然不顾自己正身处群雌粥粥的母系圣殿之中。但是苏毛毛家里总能够闻到一股淡淡的屎味，因为她爸爸惯将墩布放在便池内冲洗。男人十分沉默，素来把厕所当作其天然的武器库，把湿答答的清洁用具当作战略级撒手锏。于是每次他戴上发黄透黑的线手套，宣布要拖地板时，我们就知道，该回家了。实际上，老苏显然也好勇斗狠，只可惜他遇到的终生劲敌，是苏毛毛的妈妈，那个打起架来便完全丧失理智、温情和最后一点点人性的娇小美女。有一次我在苏毛毛家亲眼看见，她妈妈抡起满满一盆死面卷子，猛地扣到丈夫木桩似的乌青色秃头上。苏毛毛向朋友们解释说，如果当时她老娘抄到一把菜刀，而不是一盆面，百分之百会以同样的力度砍将下去。不过，苏毛毛又补充道，她父母是青梅竹马，从小私定终身，情深意笃。去京城上大学前，我间或看见苏毛毛的爸爸要么是脑袋上，要么是胳膊上缠着纱布，穿着宽松的裤头在斜晖脉脉的家属区溜达。男人始终没离婚。激烈的情感已把他揉皱，推向绝境。大作家讲过，我们只有最初的爱恋才是不由自主的。

但西铁人的主导性格是乐观，漫无边际、登峰造极的乐观，这伙男女乐观得就像理性旗手伯特兰 · 罗素的演讲稿，而他们偶尔流露的厌世情绪不过是装模作样，骗取同情。年少时，我常常听见十几只大喇叭在北国的暮霭深处震响整个家属区：“勇敢的西铁人，甘于奉献的西铁人……”这种声音嗡嗡嗡盘旋于明净的天穹下，凝结为一个巨大的主格代词，新一辈西铁人随之飞速成长，越发仁义、忠诚、慷慨、智慧，越发有条有理，越发痛恨损公肥私，越发实事求是而又崇拜英雄。如果本镇青年还听说过鼎鼎大名的托马斯·卡莱尔先生，如果我们对他充斥德意志香肠味儿的学说还略知皮毛，那么必将赞成其见解，即世界历史是各国伟人的传记，他们以神仙妖怪的造型频频掠过世界历史的苍穹，从旧石器时代直到今天莫不如此。这位苏格兰老作家鼓噪我等应在深夜哭过，而实际情况是西铁镇的感官主义者们何其豪放，屡屡在本该垂泪饮泣的凌晨笑醒。当年我有个善使九节棍的玩伴，自称西铁游侠，他踩到瓜皮滑倒，会立即挥舞兵器，把它们狠狠地劈烂捣碎，以示绝不放过任何仇敌。由于总在外头搞些不体面的勾当，此人天天被爸妈收拾。后来二老的力气耗尽，干脆将儿子关进一只特制的大铁笼里，定时给他喂些剩菜剩饭，偶尔也让他挨两顿饿。我外婆对此事啧啧称奇，因为她长期受狂躁症折磨的姑爷每次喝醉酒，便回家踹他老子，而且谁敢来劝就踹谁。大伙儿都说我这个姨父发了疯犯了傻。其实他根本不疯不傻，西铁人有装疯卖傻的禀性。姨父风闻省城的精神病院准备接收他，马上变得安安分分、老老实实。

当爱情不再是爱情，它才坚强伟大，才升格为一脉胡编乱造的新宗教。所以，在年轻的一代中间，气节越来越受到重视，事实上，我们宁肯去拾取敌人丢弃的残羹剩饭，也不向恋人摇尾乞怜。而首位比前辈更视死如归的西铁少女，乃是我同桌伍芳。当初这姑娘不可救药地爱上邻班某个状若劈柴的混蛋，执着得近乎病态，令人发指：只要看见那家伙跟其他异性——不论是努唇鼓腮的低年级小姑娘，还是涂画假眉毛的少先队女辅导员，甚至是脸如铜镜的妇联主任——扯淡闲聊，她就立刻走过操场，走到校门外车来车往的大马路中央，果断摆出任君碾压的架势，神色好似一条无颌鱼。第二天她情郎的脸庞往往青一块紫一块，像给鞭子抽裂了。可见先贤的教导没错：爱情不是亲娘，是后妈！它会因绝望而愈加神圣，为此拜伦淹死了。对于西铁人来说这没什么了不起，他们干任何一件事皆会豁出老命，殒身碎首在所不惜。我还清楚记得，那时校园里正回荡着“勇敢的西铁人，甘于奉献的西铁人……”这段该死的广播如同定音鼓一成不变，终于促使我产生逆反。大诗人写道：讨厌鬼死后仍然讨厌。我成了唯一把这句话读懂悟透的西铁人。

西铁人之二

很多年以前，我在动物园里看见一对秃鹫，觉得它们又大又丑，活似两个披着灰皮袄发呆的中年人，便捡起石头，朝笼子里砸去。当时动物管理员无法理解一个五岁西铁男子汉表达爱意的方式，不动声色地用他沾满鸟粪的可恨胖手把本人彻底教育了一番。我许下宏愿，长大以后当上火车司机挣到钱，定要养上几只了不起的秃鹫。

理想随时光的流转而逐渐淡忘，整整一代西铁人的心灵又开始休眠。直至那天夜里，多亏一部烂电影的启发，我才同昔日玩伴重提大秃鹫的往事。可是，西铁族的后裔们众口一词，指出动物园从来没引进过本人所说的那种畸形巨鸟，只饲养过一批公鸡大小的鸽子，此外还有一只发霉的黑色老象，满身旧伤，终年滴淌脓液。他们提醒我，耽于幻想是西铁人的诸多遗传病中最为可耻的顽症，并举例说某某至今相信，她三岁时看见过一列火车在大街上沿着奇特的弧线狂奔疾驶。

此后一连几晚，我辗转难眠。这帮低智商西铁蠢蛋！这伙钝金顽石！他们轻描淡写地提到那个女人，大概已经忘记，她曾是我无可替代的生死至交，是我役梦劳魂的相思之友。

当年，本人与这名小妞在同一所小学念书，不仅朝夕共处，更以自娱自乐的豪情互相砥砺。有时候，清晨的大风极为骇人，双方家长只好用尼龙绳或铝线将我俩绑在一起，以免两个小不点儿被吹到天上。去学校之前，我照例要往书包里装进几块大石头，其重量视风力级别而定。按照一般规律，西铁人的后裔长相俊美，但多少有点儿驼背且塌肩，大约就是那些定风石给闹的。若风势再猛些，我会把一口铸铁炖锅倒扣在头上，摇摇晃晃穿过黑雾黄尘，穿过一派混沌的风景，走向学校大门，形象犹如微缩了千百倍的雷神托尔。还记得玎玎的美丽舅妈不止一次问我，如果小姑娘被吹到天上该怎么办。本人一向不屑于反驳女流之辈的无礼质疑，总是镇定自若、不慌不忙地答道：

“大姐姐，你放心！我一定拽住绳头，不会让狂风把她刮跑的！”

我们陶醉于《变形金刚》里众多会哭会笑的神机鬼械，我们将连环画《瓦岗寨》当作秘籍宝典，为无坚不摧的“四猛八大锤”而痴狂，并由此参透生死，领悟到武器的极端重要性。不过本人更喜欢尉迟敬德的阴阳水磨双鞭，而女孩子自然更欣赏聂隐娘藏在脑袋里的羊角匕首。我们无限景仰李元霸、裴元庆，这两位无敌战将雄踞于西铁人封神台的最高层，长年在发黄的书页中横冲直撞，穿破迅风疾雨，绝不是凡夫俗子所能毁灭的造物，因此他们必受天诛。我俩继承李、裴二人的遗志，在西铁镇里破虏征蛮，再召集新近收服的小伙伴，严肃训导他们说，谁若事事为自己，笃定事事不如意。然而没人买账，尽把我饱含真理的谆谆告诫当成耳旁风。无怪乎贤哲艾布·哈希姆感慨：“把自大从心中取走，难于用一根针拔起山岳！”赶上雪晴的日子，天空布满乳糜晕，漂亮的猎隼高高盘旋，世界好像一颗硕大的珍果，颤巍巍挂在乾坤巨树的险远枝头。我们豪兴大发，如获神启，于是带领一帮手下，用新雪裹住定风石砸狗。那伙自作聪明的菜犬不闪不避，还以为小孩扔来的无非是些稀松寻常的雪球。所谓优胜劣汰，适者生存，很快，它们随着我同桌的膂力不断增强而渐渐绝迹了。

西铁人之郭名名

阿尔瓦罗·穆蒂斯说：“时间在一些男人身上仿佛是停止不动的，面孔没有任何变化。”这句话堪称西铁人郭名名的最佳写照。当年西铁二小开家长会，郭名名一度冒充他堂哥的父亲——也就是他臭名远扬的酒鬼大伯——去应付语重心长误人子弟的诸位老师。那次胆大妄为的胡闹并未留下任何把柄：自始至终，郭名名一言未发，竭力装出一副中年人便秘的神情，使教务处主任误认为他正为子女的前途而忧心忡忡。打六岁起，郭名名的脸部特征便已恒久凝固在我们记忆深处，他不变的服装一贯宜寒宜暑，图库洛尔人的坚韧发型从没换过，只是他个头忽高忽低，皱纹忽深忽浅，姐姐妹妹逐年增多，令一块儿长大的玩伴们钦佩无已。郭名名的禀赋与众不同，拥有惊人的技艺。做一个实力派相声演员，或一名狂暴的工运鼓动家，乃是他最初的远大志向。然而，四年级下学期快结束时，老师指定以“我想当……”为题写作文，结果全班三十六分之三十五的西铁男孩把自己看成轨道运输事业天经地义的幼蕾，不约而同要当火车司机。好汉郭名名却讨厌袭凡蹈故。这位沉稳、睿智的少年思想上是唯物主义者，实践上是唯心主义者，我们称之为牛皮界的唐玄奘。那阵子，他正痴迷于美国人伊格内修斯·唐纳利的巨著《亚特兰蒂斯：太古世界》和《诸神之黄昏：火砾年代》，书中频繁涌现的奇思卓识使郭名名大为震惊，历史上许多次优良血脉的断绝更令他痛心疾首，令他深感义不容辞。总而言之，郭名名最终写下一篇《我想当爹》交给校方，情真意切地表达了自己的质朴愿望。怎料此举竟博得大批不谙世事的小姑娘青睐。她们纷纷表示要嫁给他，与之共同养育西铁人的杰出子嗣，使他成为新时代的以实玛利，成为新钢轨帝国的伟大始祖。只可惜当初郭名名一心要探究各种食物的无穷奥妙，从未认真料理他坐拥的星星花园，从未准备兑现他幼稚的山盟海誓，又因天性诙谐而树敌过多，以致吞下惨绝人寰的爱情苦果。郭名名似乎永远吃不饱，他神奇的肠胃宛如银角大王的羊脂玉净瓶，什么乌七八糟的东西都能消化。过去，市内的小广场和街边桥头常有骗子兜售假熊掌、伪鹿鞭，郭名名总是情不自禁看得口水直淌。同班的小姑娘对他越来越失望，越来越鄙视，她们已坦然接受长辈的灌输，相信强者一毛不拔，弱者任人宰割，所以你必须争分夺秒，勤加练习神魂的搏击术。郭名名根本不理会这一套。长夏无事时，他从早到晚流连于药铺和无证商贩的地摊间，心中反复揣摩玻璃瓶里海马海龙的味道，还把泡酒的蛤蚧、蜥蜴，乃至整只死不瞑目的乌猿想象成盘中佳肴，完全不顾虻蝇扑面、市场臭气熏天。难怪大诗人萨迪会说地球表面是真主敞开的餐桌，而郭名名无疑是餐桌上横扫一切的超级祸害。由于大半辈子忍饥挨饿，他迈进鬼门关时脚步将非常轻松。

二十几年前，一位人称“女大车”的阿姨曾经带我们上火车头参观。她是部级劳模，接受过记者采访，在蒸笼般闷热的驾驶室内跟男司机一样卷起背心，露出胸脯。她肚皮上有几道深深的褶子，周围长着黑毛，穿橡胶鞋的双脚散发着馊皮蛋粥味儿，腋下狐臭令人窒息。“女大车”让郭名名踩汽笛、扳电钮，把我们拎小猫似的搬来搬去。在这肉夹馍式的地狱中，在柔情的光环里，她往昔的姣好面容几乎重现风韵。“我梦见过那女人，”郭名名事后偷偷告诉我，“以为她是个赤身裸体的大叔。”飞驰的火车时而穿越隧道，时而跃过河流田野，我们随之渐渐升入参透生死的境界。尽管事隔多年，火车依旧是我和郭名名之间难以言喻的神秘纽带。或许，正如另一位朋友所说，我确实应该“避免一种不必要的浪漫强迫症”，可每当我登上形形色色的火车，无论是越南的窄轨火车，还是印度的宽轨火车，便忍不住思考郭名名成为诗人——既非雄辩术讲师，也非喜剧导演或证券公司业务员——那离奇命运所暗含的必然性。一个台风肆虐的夏天，我陪耿老先生前往河内参加“占婆国拔陀罗跋摩一世梵文石碑学术研讨会”，随即又乘坐玩具似的列车南下观光。西贡的海景房令人印象深刻，但更让游客惊讶的还是当地居民超乎寻常的歌咏热情。太阳落山后，他们涌向退潮的沙滩，架好一排排硕大笨拙的电视，竞相唱起六小龄童版《西游记》的主题曲。于是异国他乡骤然回响起“一场场酸甜苦辣”的熟悉旋律，远去列车的呜咽声与之遥相应和。在蚊帐的流动黑暗里，在没头没脑的半透明睡眠中，热带之夜的炎炎暑气幻化出郭名名的生动形象，我仿佛重返快活无比的西铁少年之间，同他们瞎吹胡扯，紧张谋划沿铁轨征服全球的宏图伟业。

西铁人之美女蛇

真正的美女都很可怕。仝八斤的妈妈恰是这样一个妇人。她长得白皙丰满，嗓音甜腻，很让西铁家属区三五成群的健壮大叔、肥硕大伯的垂涎。饱受《葫芦兄弟》熏陶的小朋友管她叫“美女蛇”。好多个无耻的傍晚，我们年级的姑娘在澡堂瞧见这妇人浑身白肉晃来晃去，盘着又黑又亮的头发顾盼生姿，风情万种，便使劲咬指头议论说，“美女蛇”果然名不虚传，杀伤力确乎极大。实际上，她手里攥着开启毒药柜的钥匙，可以轻易置人于死地，而与之相关的狂言和梦话也从未止息。每天清早六点钟，全八斤妈妈领上满脸蝇屎的宝贝儿子，去邻镇一家老字号买两碗鸡肉炒粉，吃完把他送到学校；监督他走进教室，自己再迈入同一层楼的某间办公室：她是隔壁七班的语文老师。据说全八斤从小怕鸡，尤其怕鸡眼睛，全拜这顿早餐所赐。当时，他黑塔似的爸爸还没死，但“美女蛇”已成为西铁后裔的表率，公然在外边找情夫。她认识好些学者、流氓、穷光蛋，他们无不身怀绝技。首位姘头原是一名前途大好的青年领导，此人双目泛光，似乎长有鸟类的瞬膜，翅膀隐隐现形，这令全八斤深觉畏惧，暗中称其为公鸟。他确实天赋异禀，潜力巨大，不仅弄权术、取宠术、哀乞术、诡语术、缩骨术、傀儡术和诈死术造诣精深，还是个笔迹鉴定专家，而且惯于施舍，热衷济艰解危。他本该成长为《怪物编年史》铜版画中威猛无匹的上古神雀，或者至少是一只《妖乱志》末章里让小官僚们闻之色变的大魔枭。那阵子，西铁镇正处于鼎盛时期，男男女女多在享受看似无限的美妙青春，他们个个是爱情天才，具有抵御失恋痛苦的不竭力量。然而，公鸟由于不愿跟自己老婆离婚并转投“美女蛇”麾下，被她控告强奸，入狱三年零四个月，刑满释放工作也丢了，妻小也跑了，房子车子也没了。他走投无路，只好上街卖菜，终日蓬头垢脸地修炼唇舌铄金术、张网捕食术，以及梅耶霍德的戏剧表演术。苏毛毛的妈妈每次遇见她这位老上级，回到家总要长吁短叹：“好端端一个男人哟！”可是“美女蛇”仍持续在外头做她甜蜜的丑事，接二连三地搞情人。我们简直诧异为什么世间还有如此多胆大包天的傻瓜送上门给她搞。

五年级寒假，全八斤的爸爸——长相酷似《忍者神龟》的英俊大反派斯雷德，浓眉深目，满脸败丧——竟毫无征兆地突发怪疾，转眼病骨支离，适时地一命归阴。送殡那天很冷，灰霾锁城，汽车慢得像蜗牛爬藤，行人在齐腰深的浓浊光雾中艰难跋涉。“美女蛇”身穿一件深红底子暗绿团花的旗袍，戴着一副大墨镜，喜色盈腮。当初她是看上全八斤爸爸的军官身份才嫁给他的，所以并不讨厌当寡妇，但她爱儿子胜于爱所有情夫，不惜逼迫他勤习书法，要求小男孩练成一手漂亮倒薤篆，还整天督促他讲礼貌，学规矩，时刻提防他沦为酒囊饭袋。她私底下命令儿子远离郭名名，因为饱食的肚腹拒绝才智与修养，饕餮之徒迟早会遭受天谴。如果说这女人是个烧丹老道，全八斤就是其最为珍视的神材仙料。有一回“美女蛇”来给我们代课，永远坐在倒数第一排的黄蓉蓉乘机跑去打小报告，声称全八斤读完白娘子和许仙的故事，立即同某某谈恋爱，约定国际儿童节那天晚上私奔。“美女蛇”勃然大怒，拧着黄蓉蓉腰间的肥肉将她抡出教室前门，把她外套都扯破了。“美女蛇”强悍的身手让我们极度震恐。原本大伙儿一直认为，要推倒那个唇髭灰白、患有多动症的胖妞，绝非人力所能企及。黄蓉蓉的亲妈在售票窗工作，按照内部讲法，是位于风口浪尖之人。因此，黄蓉蓉自幼整罐整罐吃瑞士巧克力，身体仿佛是一堆扁塌塌的气球粘成的。体检时，她一条腿上秤便有八十八公斤，指针像被人掰过，以致医生们不得不全力捂住台秤表盘，轰走好奇的学生，拼命恢复秩序。

“你们才毛蛋那么大，”全八斤的妈妈，西铁镇可怕的“美女蛇”，亦即我们泼辣的代课语文老师，搞情人的楷模，用手比画了一下毛蛋的尺寸说，“就想谈恋爱?！”

西铁人之罗梗抽

罗梗抽是西铁人进化史上注定会失去的那条猴子尾巴。得知这位老兄要去印度，大伙儿十分怅然。他皮肤很黑，但又很俊，某天下午我从《雅歌》里读到示巴女王拜莱盖丝深情吟唱“耶路撒冷的众女子啊，我虽然黑，却是秀美”，才终于确认那家伙嘴脸动人的隐晦事实。罗梗抽渊目鹰鼻，浓密的体毛呈现为诸多回旋形图案。他拥有无脊椎动物的空间感，生命力极其强健，胸肌极其发达，不时怦怦乱跳，所以在羽毛球场上非常之威武。每到这些时刻，他不会走路的怪毛病总能一下子不药而愈。罗梗抽岂止胸肌发达，腹肌也相当发达，所以他若把羽毛球扣向对方面门，那人就必须送去医院，让白衣天使们料理。高一语文课讲《劝学篇》那个阴沉沉的星期三下午，罗梗抽因为听到“百发失一不足谓善射”而若有所悟，断然抛开本省羽坛的恩恩怨怨，宣布闭关苦修，誓将自己锤炼成一盏注满灵油的神灯。另外他还别出心裁，参照《斯巴达克斯》中多克特培养角斗士的路数，昼夜训练一对戴眼镜的高个子，使之化身为网前扑杀的大型疯狗。这两人始终低举球拍，伸长颈脖，鼓出难看的死鱼眼，随时准备运用其独门绝技，恰如羊角风发作而不能自持。他俩协同之默契，简直可以说是做过手术，彼此拼接缝合，令敌手感觉在跟一只口吐白沫的凶悍八爪鱼对攻，内心的恐惧不言可喻。等罗梗抽率领两位拟柱体似的眼镜兄破关而出时，大局已定。无论谁看到这组社会病理学的经典范例，都不敢站在他们面前提起羽毛球三个字。但我国的皇帝仍不满意，说普天之下，莫非王土，于是授意举办一次羽毛球大赛，再调遣罗元帅和八爪鱼组合，把余下还有勇气踏上球场的男人统统废掉了。

罗梗抽考察过新几内亚南部的极乐鸟、猪鼻龟。他一个人的医学素养比我们全体加起来还深厚。小伙子研读拉马克的《动物哲学》，打算弄清楚是鸡生蛋还是蛋生鸡的至高秘密。有些姑娘患了妇科病，就遮住头脸，去找他长谈。罗梗抽请她们空闲时务必翻一翻波西米亚人约翰·赫维留斯撰写的《月图》以补充相关知识。而他当众吞食蟑螂和细脚蜘蛛，着实让最强壮的男子汉也感到害怕，故此又号称罗大胆。妇科病患者纷纷宣告自己是梗抽家族的成员，似乎那么一来，隐疾便不药而愈。在这帮一脸粉刺、淌泪不已的少女眼里，罗大胆是个新月般吸引她们注意的轻狂少年，精通许多不药而愈的技巧，凛然可畏。起初我并不知道女人和骆驼究竟有何区别，更不知道妇科病是什么鬼东西，猜想它大概可等同于顽固的瘙痒症，又猜想梗抽家族的姑娘患妇科病，绝非无缘无故，只不过我很久以后才搞明白这些缘故，才懂得所有人皆为雌雄同体，那时候她们已悉数不药而愈。

我国的皇帝是个姓田的老头子，鹤发童颜，掌权以来一直深受女人爱戴。事实上，也深受众多男人爱戴。我们一度相信，凡是皇帝都理应像老田那样，既严肃又幽默，既恐怖又温柔。总之身为唐太宗或哈里发穆阿维叶再世，他对臣民恩威并施，我们就一定会尿流屁滚，百感交集。然而，西铁镇历史上最令人迷惑不解的事件，乃是罗大胆收买、架空并逐渐取代了皇帝，最终他像奥列格大公把胜利之盾挂在古老拜占庭的城楼上那样，把自己的裤衩挂在学校正门的皂荚树枝头。当年我们很幼稚，认为所谓君主，必定是先天不可动摇的，甚至萌生一丝碰他半根汗毛的意念也罪该万死。老哲人感慨，不成熟的岁月是多么安逸闲适！原本各个小团伙均以为，罗梗抽毫无疑问是它们的成员，为它们发声，可实际上这狡猾的男子不属于任何小团伙，反倒有他自己的小团伙。不少人因而深感受伤，万分恼恨，处心积虑要复仇雪耻。

如今，罗梗抽决定弃绝旧我，舍去旧名，将一册猪皮装订的《神秘化学以及神智学论文》塞进旅行包，前去印度游历。想到我们给他发送的电子邮件，会在一台孟买的电脑上被接收，而这座城市之中居住着很多婆罗门祭司，采用想象不到的高贵姿势拉屎，就让人神往。几年前，罗梗抽的发育程度已悄然超越大伙的理解力。我们现在才晓得，对他来说，与笨蛋为伍何异于身处最逼仄的牢狱！凭借那些个充满智慧和真理的医学书籍，罗大胆冲自己施过巫咒，抵抗过反复结识愚蠢之辈的无奈厄运。也不知从何时开始，他同一位可怕的师兄切磋技艺，彼此引为知己。这两个相忘形骸、寡言少语的男人一块儿练习挥拍，如雄狮般勇猛专注，运起神力把羽毛球抽成渣粉。他们的思绪太过深邃，太过复杂，太过激烈，终于患上奇奇怪怪的震颤性缄默症……然而，可怕的师兄将肉身视为一台精密仪器，用途是观测浩渺星海，收集星云之蜜，并宣称哥白尼革命远未完结。年轻人腹内还装有一座分秒不差的钟摆，催促他准时回家做高等代数习题，专研康托尔的深奥理论和罗巴切夫斯基的思想体系，以致其可怕的程度与日俱增。这头怪兽记忆力好得令人吃惊，也无聊得令人吃惊，居然背下了整本对数表以及反对数表。不难预料，罗大胆必将一败涂地。胜负见分晓那天，无神论的朝霞悲惨、沮丧地不停灼烧，师兄亮闪闪的眸子有如点燃的乙炔。他对罗梗抽说："要不，痛痛快快哭一场吧。"在这两人看来，现实是一堆无理数，幸福是一个虚数，世间的纷繁关系是一组微分方程，大抵如此。彼时我们又黑又俊的首领已不再渴求听众，不再追求虚浮的学问，成为西铁镇的实际统治者、第一号执政官。可怕的师兄则拿到一枚物理奥赛金牌，几年后在一个李叔同式的黄昏告别师友，转身迈向数学和玄秘学交界的迷雾地带。

因脑力不足，我们难以体会罗梗抽的苦楚，但他已豪迈地抖落忧伤，缩紧卵泡，轻装疾进，持续承受危困险阻的洗礼，对扑面而来的明枪暗箭报以冷笑。爱者一无所惧！罗大胆高擎抗拒天意的竹牌，不畏神弓鬼矢，毅然离开狭隘的理智之途，走上通往困惑宫殿的宽阔道路。有位大师写信提醒他："要好好对待那些落在后边的普通人，你应当镇定自若，不必用怀疑去烦恼他们，也不必用信心或欢悦去惊扰他们，因为凡人基本上极难领悟。"该大师其实是杜撰的，不过信件的内容千真万确。当大伙儿追新逐异，忙于把自己浅陋的见识装扮得很悚动时，罗梗抽已彻悟乔荼波陀的哲学，进而将傲慢撕碎，脱去伪善的外衣，穿上谦逊的卫生裤。没人知道这是不是他要去印度的根本原因。当然，罗梗抽也读过胡志明爷爷的文章，可并没有为此而前往越南。对皇帝来说，罗大胆是首席弟子，是他遭受老年痴呆症侵蚀后唯一能记住的门徒。

当领袖有点儿像吸毒上瘾，称王称霸贻害无穷，罗梗抽对此从不讳言。他赞同袁了凡的观点："世之享盛名而实不副者，多有奇祸。"行前，男人一天比一天更低调，最后近乎隐形，仅剩下几缕烟光可资寻觅他诡幻的踪迹。罗梗抽特意找我谈过妇科病，说那不是什么瘙痒症，而是隔靴搔痒症。他这番深刻的教诲我完全无法理解。男人还说，此去天竺，是为了探访印度东部加尔克汉德邦一名十五岁的女孩，她患有一种罕见疾病，眼睛不断往外冒小石块，某些石块甚至大如黄豆，印度医学界迄今没找到合理解释。随后，在一个令人终生难忘的永恒之晨，我们可敬的罗大胆收好他堂吉诃德般淳朴、虚静、深沉而又明亮的灵魂，将所有新债旧债一笔勾销，爬上挤满印度人的破火车，从此一去不复返。

为《西铁百花谱》作序

西铁人，既不是希特人也不是石梯人，适于该族类生存的温度、湿度和大气含氧度，与这个星球上其余任何群体无异。但他们对美女向来有着令人生畏的狂热，有着自我毁灭的偏执，以及不可理喻的滚烫忠诚度。此等致命激情的遗传基因，可以追溯到遥远的支边年代，它像一条《异物志》中记载的史前巨型蚯蚓，生猛而丑陋，把纯真、粗鲁、满腔热血而情欲旺盛的西铁青年的心田钻得百孔千疮。他们的先辈是一支无比强大的军队，将传宗接代的纪律与雄性的荣誉视作生命。如今，这片冶艳、肥沃的金色花圃已经被天灾人祸、风言风语和无休止的近亲繁殖给毁了。我们时乖运蹇的青春！当年每一名西铁男子都不同凡响，都是一箩筐情缘情债的混合物，都是一团狗屁不通的长篇大论的主讲人。他们的腺体迸射出大股岩浆，差不多每个手绘本恋爱故事均为一部嬉闹版《罗生门》，每栋住宅楼皆有两三集史诗级肥皂剧正在热播。那是一场气势宏大、无分老幼贵贱的巡演，是一个没完没了的狂欢节，让人始终处在各式各样的妄想和幻觉之中。爱情实乃一类极短促的放电现象，猛烈程度近似于沙尘暴或冰雹。为美女而卖血、信神、发明创造、千里奔袭投入一场群殴、苦练五花八门的手艺，几乎是保持西铁血统纯洁的必修课。他们敢于梦想自己能弹奏两下子钢琴，哪怕根本不识五线谱。还有更多急着提高知名度的少年，为使情敌闻风丧胆，会不计代价地专搞异次元恋情，会终日积极思考，把西铁族名声显赫的行吟诗人、久负盛誉的谣言制造机请到家里，以便跟这场伟大革命的发起者攀上关系。据《西铁百花谱》的编委会顾问、幼儿园性学启蒙运动的先驱、射影几何学爱好者、匿名信诠释学宗师、素有西铁镇绯闻女孩之称的无名氏扎实考证，老一代美女诞下新一代美女，全无进化改良的蛛丝马迹，意即全无希望，悲剧一再循环往复，观众永远别指望看到好莱坞式圆满大结局。她请我突出这一现象的地域特征，强调西铁区处于塞外边陲。然而那么做无疑是下三烂的廉价分析手法，是赤裸裸的智力歧视，是对西铁人事迹的庸俗解读。真正的祸根，毋宁是此地的春季太过短暂，女人们刚脱掉毛裤就穿上裙子，刚脱掉裙子又穿上毛裤。此间少年又呆笨又痴情，身为该群体曾经的一员我无法忍受他们搭上性命也要抱姑娘大腿的卑琐行为。但是，文章走向结尾意味着笔调转向悲怆。仅靠批判一万年都建不好西铁人的精神家园。我那帮疤痕累累的兄弟可以毫无愧疚地说，他们向宿命发起过大无畏的足智多谋的反攻，他们不咎既往，他们沙鼠般敏捷的身影曾活跃在涂抹情爱蜜糖的大街小巷，朝沉闷空虚的寒暑假轻蔑地吐过唾沫，挑战过北方城市的荒凉本质，保卫过将被证明一文不值的高远理想，令春天延长，让它变成姑娘的单裤，变成第三种季节，给姗姗来迟的夏天多一次千载难逢的赎罪良机。所以，他们是一群荒诞英雄，他们自夸自赞、自骄自傲的英雄主义你唯有爱过西铁美女方能够懂，而公然调戏空姐纯属丧心病狂，正如私娼与淋病总是形影相伴。

是为序。辛卯年瀛波庄园揾食斋。

图书在版编目（CIP）数据

大月亮及其他 / 陆源著 . -- 成都：四川文艺出版社，2020.4

ISBN 978-7-5411-5567-3

Ⅰ . ①大… Ⅱ . ①陆… Ⅲ . ①短篇小说—小说集—中国—当代 Ⅳ . ① I247.7

中国版本图书馆 CIP 数据核字 (2020) 第 019220 号
本书中文简体版权归属于银杏树下（北京）图书有限责任公司，并由其授权出版。

DA YUELIANG JI QITA

大月亮及其他

陆 源 著

出品人　张庆宁
选题策划　后浪出版公司
出版统筹　吴兴元
编辑统筹　朱　岳　梅天明
责任编辑　陈雪媛
特约编辑　孙皖豫
装帧制造　墨白空间·黄　海
营销推广　ONEBOOK
责任校对　汪　平

出版发行　四川文艺出版社（成都市槐树街 2 号）
网　　址　www.scwys.com
电　　话　028-86259287（发行部）　028-86259303（编辑部）
传　　真　028-86259306

邮购地址　成都市槐树街 2 号四川文艺出版社邮购部　610031
印　　刷　天津东辰丰彩印刷有限公司
成品尺寸　143mm×210mm　开　本　32 开
印　　张　7.25　字　数　146 千字
版　　次　2020 年 4 月第一版　印　次　2020 年 4 月第一次印刷
书　　号　ISBN 978-7-5411-5567-3
定　　价　38.00 元

后浪出版咨询(北京)有限责任公司常年法律顾问：北京大成律师事务所
周天晖 copyright@hinabook.com
未经许可，不得以任何方式复制或抄袭本书部分或全部内容
版权所有，侵权必究
本书若有质量问题，请与本公司图书销售中心联系调换。电话：010-64010019